桂岳诗派

王先霈/主编

心学集

◎李少君 著

华中师范大学出版社

新出图证(鄂)字 10 号
图书在版编目(CIP)数据

心学集 / 李少君著. -- 武汉：华中师范大学出版社，2024.12. --（桂岳诗派 / 王先霈主编）. -- ISBN 978-7-5769-0615-8

Ⅰ.I227

中国国家版本馆 CIP 数据核字第 2024KJ7171 号

心　学　集
XINXUE JI

ⓒ 李少君　著

责任编辑：张怀东	责任校对：童　雯
封面设计：罗明波	
编辑室：学术出版分社	电话：027-67863220

出版发行：华中师范大学出版社有限责任公司
社　址：湖北省武汉市洪山区珞喻路 152 号　邮编：430079
销售电话：027-67863426（发行部）
网　址：http://press.ccnu.edu.cn
电子信箱：press@mail.ccnu.edu.cn

印刷：武汉精一佳印刷有限公司	督印：刘　敏
开本：880mm×1230mm　1/32	总印张：98.125
版次：2024 年 12 月第 1 版	印次：2024 年 12 月第 1 次印刷
总字数：1950 千字	总定价：898.00 元（全十二册）

欢迎上网查询、购书

敬告读者：欢迎举报盗版，请打举报电话 027-67867353

ISBN 978-7-5769-0615-8

《桂岳诗派》编委会

主　编　王先霈
顾　问　蔡红生
主　任　秦　恒　付义朝
副主任　钟文锐
成　员　李　晶　谢　琴　魏耀武
　　　　周　义　宋汉涛　沈　思
　　　　任梦璐

前　　言

校园诗人历来是当代中国文学的一支劲旅。从桂子山走出去、现已故去的知名诗人，新体诗有光未然、曾卓、董宏猷等，旧体诗有陶军、黄弗同、佘斯大等。目前活跃在诗坛上的则更多。

华中师范大学党委宣传部和出版社从校园文化建设的角度出发，策划出版《桂岳诗派》一书。华中师范大学出版社于1997年到2011年曾陆续出版过名为"桂岳书系"的系列丛书。该丛书编辑出版的目的在于"从根本上强化学校的建设，使高等学校稳稳地站立在文化的峰顶"。因此，这次策划出版《桂岳诗派》，在拟定选题名称上也借鉴了"桂岳"之名。

本套书在入选诗人的标准方面，经过多次讨论，最后确定的原则是：其一，只选目前健在的诗人；其二，以中青年诗人为主体，部分年长的诗人只要创作仍然活跃，亦可选入；其三，既可以选新体诗人，也可以选旧体诗人；其四，以华中师范大学校友出身的诗人为主体。秉承上述原则，刘益善、谢克强、李少君、张执浩、李强、余仲廉、邹惟山、段维、姚泉名、胡均华、剑男、易飞的优秀诗作入选《桂岳诗派》。12位诗人中有10位为华中师范大学校友，个别诗人虽未曾在桂子山求学、任教，但长期关注、支持华中师范大学诗教工作，高度认可"桂岳诗派"，为展现华中师范大学诗教工作既立足桂子山，又走出桂子山的博大和开放理念，我们也谨慎将之选入。

从入选的12名诗人的诗体来看，新体诗人占了9位，旧体诗人只占3位。这与当下新体诗的"强势地位"是吻合的。但新旧体诗从来不应该对立，而应该相互借鉴、相融共生。从诗歌的源头来看，旧体诗是新体诗的源头。新体诗在"五四"时期才从旧体诗的母体中分娩出来，自立门户。旧体诗有2500多年的历史，而新体诗的历史不过百年。现在就说新体诗一定会比旧体诗有前途，恐怕太过武断。新体诗还在不断嬗变中，将来走向何方谁也说不清楚。但可以肯定的是旧体诗不可能消亡，它会在不同时代因融入时代特色而卓然生辉。当然，新体诗完全可以从旧体诗中吸收有益的营养，发挥旧体诗所不具备的相对自由表达的优长，不断地去完善自己。从历史上来看，那些著名的新体诗的倡导者如胡适、闻一多、何其芳等，其旧体诗功底都极为深厚；而像徐志摩、戴望舒、余光中、郑愁予等，其新体诗中都充盈着旧体诗的元素。

刘益善从华中师范大学毕业后，长期在文艺单位工作，曾任湖北省作协副主席和《长江文艺》杂志社社长、主编，培养过众多的作家和诗人。他的《翠柳街》主要是对当下日常生活的思考，遥远乡村岁月的记忆，浩浩长江上的感悟，革命年代人事的叙写，是一种多声部的合唱。作者用朴实晓畅的诗句，书写了城市繁华中那留在小街的乡愁，乡村振兴后那遗留在一隅的旧屋,那挂在奔腾的万里长江江面的夕阳,大别山里的一响而聚众四十八万的铜锣,民主人士的最后演讲,深藏功名六十五载的老兵。诗里有长吟、有短咏,充满了激情和深情,有不绝如缕的思恋。

谢克强是一位相当活跃的诗人,曾任湖北省作家协会驻会副主席、《长江文艺》副主编、《中国诗歌》执行主编,对于作家和诗人而言也是一位知名的伯乐。他的诗集《风从故乡来》所收作品主要是其近期所作,无论是故乡的风、父亲的土地、母亲的炊烟、儿时的往事,还是阔别多年重回故土的万千感怀,都使诗人将乡情乡愁作了一番诗意的诠释。这种诠释已不再是乡情乡愁,而是一种根的哲学、一种人生与命运的诠释。诗人以质朴的语言、真挚的情感、不凡的构思,将实与虚巧妙结合,更将具象升华为意象,不仅营造出诗的情感境界,也使诗作获得美的意蕴,因而既给人以思想启迪,又给人以审美愉悦。

李少君曾任《天涯》杂志主编,现为《诗刊》主编,不少新体诗人视其为"掌门人"。《心学集》是他二十多年来的诗歌结集。二十多年来,他从天涯海角到京城,从祖国大地到世界各地,以诗为证,描述所见所闻,记录生活印迹,抒发内心情感,留下思考感悟。他遵循的诗歌原则是:诗歌是一种心学,诗歌更是一种情学,诗歌应该为世界提供意义;在勤奋开拓和孜孜劳作中,在人与诗的互证中,可以诗意地栖居在世界之上。

张执浩是一位新锐诗人,现为湖北省作协副主席、武汉市文联文学院院长,曾获第七届鲁迅文学奖。《每一次告别都是阳关三叠》收录他 21 世纪以来创作的自己比较喜欢的作品,侧重于呈现日常生活中的情感面貌,在对亲情、友情、爱情的书写中,呈现出诗人成熟浑厚的语言技艺,展现出轻言细语、委婉随性的美学质地,并由此形成了诗人"目击成诗,脱口而出"的诗歌风格。

李强是一位公务员出身的诗人,据说其爱诗成癖,真的到了看淡名利的境界。其诗集《武汉来了》分为上下两辑。上辑写"第一家乡"红色苏区龙港,下辑写"第二家乡"英雄城市武汉,这几乎囊括了作者全部的人生。写龙港的纯粹一些,作者梦回童年、少年,看山水草木、人情世故,如一首美丽的乡村咏叹调。写武汉的丰富一些,诗人从 17 岁开始读书工作于此,任职于省、市、区三级党政机关,以及大专院校、国有企业,对武汉的感受是整体的,又是具体的,他的诗如一首英雄城市进行曲。

余仲廉是一位知名的慈善家,他创建的博昊基金会已资助贫困大学生两千多人。他也是一位颇有名气的文化人,在哲学、美学、书法和书法评论等方面均有相当深厚的造诣。他经历丰富、爱好广泛,写诗可能只是"余事",却出版了十几本诗集。他的诗集《我的所有》收录了其近年来创作的部分新诗,题材与内容很丰富,风格也十分鲜明。他以哲学思考着眼于存在,以哲学思维投注于生活,将身处世界、社会的所见所闻和所感所思以及对人生、自然、历史与文化等问题的思考转化成诗。因此,他的诗歌有着独特的思想感悟、深刻的人生哲理,不仅内在的思想相当突出,而且外在的感性也得到了保存,诗与思比较好地融合在了一起。

邹惟山是华中师范大学文学院的教授,以文学地理学研究和十四行组诗写作见长,曾任《中国诗歌》副主编、《外国文学研究》副主编、《世界文学评论》主编。他至少属于教学、科研、创作三栖人才。他于诗新旧兼修,又力图在形式上有所创新。《桂岳集》是他开始无韵自由体创作之后的第一部诗集,收录了他最近三年的部分诗作,大致以编年体的方式呈现。这些作品主要表现了他在行旅中的所见所闻,但并不限于目之所及和耳之所闻,而是可以由此及彼、由表及里,抒发了他对世界大局与中国命运的思考,以及对于人生意义与自然存在的探索,具有一定的深度与广度,同时也富于诗情与画意。

段维在华中师范大学出版社做了 30 年编辑,任副总编、总编近 20 年,后来改做党务工作,现为中华诗词学会乡村诗词工作委员会主任、湖北省中华诗词学会会长。他的本科、硕士以及博士学的都是政治学,但不少人最初以为他是学中文的。其诗集《一生知己是文章》收录了其在 2021 年 1 月—2024 年 5 月间创作的旧体诗词作品。他称自己的创作题材大致有三类,简称"三园",即"故园""校园"和"政园"(时政诗)。他是一个有着明确目标追求的旧体诗人和诗学研究者,在守正创新方面取得了较好的平衡。他的时政诗一开始主要采用七律体裁,探讨意指的多重性和句式的多样性,后来这种风格也渗透到其他题材之中,被诗评界称为"不言体"(段维字不言)。而在词的创作方面,他又尽量保持词之要眇宜修的本性,尤其是小令还保留着花间词的气息，长调则呈现豪放与婉约兼具的特征。他的故园诗词，对父亲的书写别具一格，这是其他旧体诗人很少涉足的题材。他对校园诗词有着自己的定义，认为校园诗人所写的诗词并非一定就是校园诗词，而是只有写出了校园特色的诗词才是校园诗词。他写的学生宿舍搬家、学生晒被子、学生云上毕业论文答辩、校园防疫等题材，无不深入师生的个性生活之中。

姚泉名早年从事语文教学，现任中华诗词学会乡村诗词工作委员会副主任兼秘书长、湖北省荆门聂绀弩诗词研究基金会代理事长，可谓是专业的旧体诗人了。其诗集《掬来一捧手如蓝》收录了其在2010—2023年间创作的诗词作品400余首，在"雅正出奇，求正创新"的理念下，他以传统诗词抒写古今之事、感发天地之音。其笔下的人事景物，无不是其在游历过程中对历史的追索、对时空的叩问、对禅道的妙悟、对山水的感知、对民情的回放、对风俗的描绘、对朋友的酬唱、对世事的体会。他的作品创造性地融合古今元素，恰如其分地将当代思维与时代语言揉入古典诗词创作中，既展现了传统诗词的古雅之美，又呈现了当代格律诗词的活力。

胡均华曾经当过语文教师，当过公务员，也曾下海经商，经历丰富，现任湖北省中华诗词学会副会长兼秘书长。其诗集《云水禅音细细吟》收录了其在2015—2024年间创作的诗词作品400余首。他秉承"写真生活，发真性情"的创作理念，多取材于现实生活，从所闻、所历、所感的日常过往中生发诗意，既见家国情怀，亦具市井烟火气息。

其在艺术表达上追求情景相生、清新自然的风格，注重对中华诗词经典作品章法、技法的精研考究，并应用于指导当今诗词创作实践，倡导并践行传承与创新并行、读与写结合、入情入境的诗词创作方式。描绘诗意的生活，表达生活的诗意，是《云水禅音细细吟》所刻意追求和努力呈现的。

剑男在华中师范大学文学院当过刊物编辑和教师，是一位低调而勤奋的诗人，作品曾获丁玲文学奖、湖北文学奖。其诗集《万物都有一个安静的去处》收录了其在2015—2024年间创作的诗歌作品200余首。该诗集聚焦诗人故乡幕阜山的自然山水和风土人情，以及生存于其间的父老乡亲们艰辛而淳朴的乡村生活，集中展现了诗人渴望通过诗歌重建人与自然关系的写作理想。剑男的诗歌注重人对自然的深度介入，既有精神的高蹈，也有对生活现场的热情灌注。故乡的一草一木在诗人笔下回归自身，自然和人作为本体被再次发现，在对朴素生活的观察中渗透着深刻的思考。

易飞早年在报社做过记者，后来在杂志社做过总编，兼写长篇小说，近几年转为新体诗创作与评论。据他自己说"算是找到了感觉"。其诗集《傍晚下起了阵雨》是其2020年回归诗歌后的作品结集。其诗作题材丰富，风格不断变化，饱含热情、勤勉和朴诚的精神，引起诗坛关注。其诗艺渐至精妙，且日臻浑圆，不断有佳作出现。特别是其"亲人系列"作品，情感深沉，含义幽微，别开生面，余味厚重。他近年开启"易飞掰诗"评论系列，精读文本，从一个写手的角度直言自身感受,其庄敬、实诚、直接的论诗风格为人所称道。

  以上只是对 12 位诗人的作品进行一种浮光掠影式的浏览,旨在为读者勾勒出"桂岳诗派"的总体形象:每一位入选者都有自己的特色,集合在一起会爆发出巨大的能量。武汉大学有"珞珈诗派",10 年前就树起了旗帜,影响不小。后起的"桂岳诗派"能否向"珞珈诗派"看齐,或者形成"比学赶帮超"的态势,则取决于华中师范大学诗人群体的共同努力。当下我国诗坛的诗派不是太多,而是太少,为什么不可以在学校提出建立"桂子学派"的同时,也建立一个影响广泛的"桂岳诗派"呢?同时,也希望我们的每一所重要的大学,都能结合自己的优势和特色,在这方面做出一个或多个样板来。

2024 年 6 月 28 日

我的心、情、意(代序)

一

诗歌是一种心学。

诗歌感于心,动于情,从心出发,凝聚情感。用心写作,其过程类似修心,最终领悟意义,创造境界,得以在其中安心,同时还可能安慰他人,称之"心学"名副其实。

心,是感受和思想的器官,钱穆先生认为心是一切官能的总指挥、总开关。学,有学问和学习两重含义,这里主要是指学习。学习是一种通过观察、了解、研究和领悟,使个体可以得到情感与价值的改善和升华的方式。

诗歌是一种心学,意思是,诗歌本质上是一种感受、学习并领悟世界的方式。心通天地万物,心是具体的、个人性的,但可以心心相通,以心传心,他人亦能感受、体会、理解。

每一代人都要重新认识世界和了解世界,这是一种心学;而每一个时代,人们也都要面对新的感觉和变化及新的情况,努力学习、思索和理解,这也是一种心学。

需要特别指出的是:这种心学是建立在语言的基础上的,维特根斯坦认为语言是人区别于其他物种的存在方式。

人是语言的动物，人也是情感的动物，唯有人，可以用语言把情感描述、记录、储存、升华并保留下来，即使历经千年，仍能打动后人。

二

所以，诗歌也是一种情学。

情，指因外界事物所引起的喜、怒、爱、憎、哀、惧等心理状态。李泽厚认为：动物也有情有欲，但人有理性，可以将情分解、控制、组织和推动，也可以将之保存、转化、升华和超越。若以某种形式将之记录、表现、储存或归纳，就上升为了文学和艺术。因此，李泽厚对艺术如此定义："艺术就是赋情感以形式。"艺术就是用某种形式将情感物化，使之可以传递、保存和流传。这就是艺术的本源。

在我看来，艺术其实就是"情感的形式"，或者说"有形式的情感"，而诗是最佳的也是最精粹的一种"情感的形式"。

古人云：触景生情。情只有在景中也就是具体的境中才能被激发并保存下来，而境是呈现情的具体场所和方式。

那么，何谓境？境，最初指空间的界域，不带感情色彩，后转而兼指人的心理状况，含义大为丰富。唐时，境的意思基本稳定，既指外，又指内，既指客观景象，又指渗透于客观景象中的精神，含有人的心理投射观照因素。

境为心物相击的产物，乃凝神观照所得。境的实质就是人与物一体化，主客融合，物我合一，造就一个情感的小世界、精神的小宇宙；在情的观照、整合、统摄下，形成对世界和宇宙的认识理解。

情境，有情才有境。情景交融，情和景总是联系在一起的。情境，就是情感的镜像或者说框架，个人化的、偶然的，情感在此停留、沉淀，进而上升为美。情境是一个情感的小天地。细节、偶然、场景，因情感才有意义。

中国人认为万物都是有情的，世界是一个有情世界，天地是一个有情天地。王夫之在《诗广传》中称："君子之心，有与天地同情者，有与禽鱼草木同情者，有与女子小人同情者……悉得其情，而皆有以裁用之，大以体天地之化，微以备禽鱼草木之几。"世界是一个集体存在、相互联系、同情共感的命运共同体。

张淑香称之为一种彻底的"唯情主义"，这种"唯情主义"认为世界万物都有着"一条感觉和感情的系带"，并且由古而今，"个体之湮没，虽死犹存。人类代代相交相感，亦自成一永恒持续之生命，足与自然时间的永恒无尽相对峙与相呼应"，从而超越对死亡的恐惧，肯定生命本身的绝对价值。

三

诗歌最终要创造一个有情的"意义世界"。

意就是有方向、有目的的情感。意义，指精神赋予的含义、作用与价值，人是有自我反省、觉解能力的，能够意识到生活是否值得过下去，所以，人生是否有意义，对于每个人都很重要，人皆需要寻找意义。

诗应该创造和提供一个"意义世界"。那么，如何创造？

前面说了，情之深入、持续与执着，产生意。以摄影经验为例，万物万景茫茫，唯定格截取一点，才能构成具体场景图像，才能有所确定，才能清晰，才能呈现摄影者的心意，才能凸显美。

诗亦如此，欲以语言保存情感，亦需截取，固定为境。情凝聚、投注于境，沉淀下来，再表达出来，成为诗，成为艺术。

所以，艺术来自情深，深情才能产生艺术。这点类似爱情。心专注，才有情，才会产生情。爱情的本质就是专一，否则何以证明是爱情。

艺术之本质也是如此，艺术就是深入聚焦，凝注于某种情感经验之中，加以品味、沉思，并截取、固定为某种形式，有如定格与切片，单独构成一个孤立自足的世界，比如一首诗或一幅画。而欣赏到这一首诗、这一幅画的他者，又因其中积淀的元素唤起自身的记忆和内心体验，引起共鸣，感受到一种满足感（康德称之为"无关心的满足感"），并带来一种超越性，这就是美。

这种感受，就像瑞典诗人特朗斯特罗姆所说的"诗歌是禅坐，不是为了催眠，而是为了唤醒"，先唤醒己心，再以己心唤醒他心。

捷克汉学家普实克很早就认为：中国抒情诗擅长"从自然万象中提炼若干元素，让它们包孕于深情之中，由此以创制足以传达至高之境或者卓尔之见,以融入自然窈冥的一幅图像"。

而意自在这情之深刻、专注、凝固之中。当然,这情不仅限于人与人,还包括对天地万物之情,推己及人,由己及物。如王维之思"流水如有意,暮禽相与还",李白之感"相看两不厌,只有敬亭山",李清照之喜"水光山色与人亲",辛弃疾之恋"我见青山多妩媚,料青山、见我应如是"。

古人说诗融情理、诗统情理,情理结合构成意义。意义予人以目的、方向,予人生以满足感、充实感和价值。

在此意义上,布罗茨基说:诗是我们人类的目的。

目　　录

第一辑（2019—2024）

一花一洞天 / 003

忆上林湖 / 004

在松溪遇见青山 / 004

石塘：第一缕曙光 / 005

　　一 / 005

　　二 / 006

　　三 / 006

　　四 / 006

河南老家 / 007

海鸥 / 008

古驿道 / 008

悬崖 / 009

赞美 / 010

浪花在此掀起…… / 011

立春：迎接春天回家 / 012

故宫 / 014

青团 / 015

又是清明 / 015

消息 / 016

致李白 / 017

在射洪谒陈子昂读书台读杜甫诗 / 017

长安秋风歌 / 018

在北碚 / 019

  一 / 019

  二 / 020

  三 / 020

  四 / 020

鼓浪屿的琴声 / 021

自述 / 022

西湖，你好 / 022

西部的旧公路 / 024

平凉的星空 / 024

观海 / 025

南音 / 026

霞浦的海 / 027

  一 / 027

  二 / 027

  三 / 028

  四 / 028

  五 / 028

古渡 / 029

父亲的身影未出现 / 030

秋忆 / 030

黎明 / 031

当我在世界各地行走…… / 032

通灵的特使 / 033

应该对春天有所表示 / 033

雪的怀念 / 034

巴黎印象 / 035

槟城剪影 / 036

山行 / 036

热带雨林 / 037

第二辑（2015—2018）

我是有大海的人 / 041

海口老街 / 042

忆岛西之海 / 043

云之现代性 / 044

秋夜 / 045

西山如隐 / 046

在北方的林地里 / 047

凉州月 / 048

神之遗址 / 048

青龙胡同肖像 / 049

民国的黄昏 / 050

尼洋河畔 / 051

雪的形象 / 052

在成都 / 053

府河边的垂柳 / 054

牙买加船长的自述 / 054

戈壁滩，越行越远的那个人 / 056

春风 / 057

虞山 / 058

月亮 / 059

珞珈山的秋色 / 060

江南 / 060

新月 / 061

老人和花草 / 062

冬天，只剩下精神 / 062

天使回故乡——致春节返乡的铁骑大军 / 063

地铁景观 / 065

清明 / 066

我管不住我的乡愁啦 / 067

在昭通 / 068

写于5月18日收海南岛新鲜荔枝 / 069

珞珈山的樱花 / 070

我是有故乡的人 / 071

深刻的意义 / 073

小社会 / 074

我的永兴岛 / 075

金华江边有所悟 / 076

小城 / 077

偶尔 / 077

泄露 / 078

秋之夜 / 078

美的分寸感 / 079

春夜 / 079

雪夜 / 080

中年单身男 / 080

道 / 081

疏离感 / 081

我是有背景的人 / 082

珞珈山的鸟鸣 / 083

后现代意象 / 084

春天,我有一种放飞自己的愿望 / 084

古意 / 085

小巷深处的哲学 / 086

义乌出土 / 087

三角梅 / 088

常熟记 / 089

荒漠上的奇迹 / 090

布景 / 091

海边小镇 / 091

冲决雾霾囚狱的潜艇 / 092

和父亲的遗忘症做斗争 / 093

那些无处不在的肯德基餐厅 / 094

风筝 / 095

三里屯 / 096

河西走廊的雪 / 097

酷暑 / 098

桃花潭 / 099

在坪山郊外遇萤火虫 / 100

初溪 / 101

摩擦 / 101

那些曾经相爱过的人现在视同陌路 / 102

河内见闻 / 103

在梅家坞 / 104

致增城 / 105

荔枝记 / 106

自然之笔 / 106

江边小店 / 107

眺望 / 108

著名的寂寞 / 109

敬亭山记 / 110

泉城看泉 / 111

大明湖的野鸭 / 112

第三辑（2011—2014）

致—— / 115

南渡江 / 115

西湖边 / 116

青海的一朵云 / 116

傍晚 / 117

春天里的闲意思 / 118

偈语 / 119

少年时 / 119

鸟群 / 120

春寒 / 121

江南小城 / 122

春之共和国 / 122

自道 / 123

偶过古村落 / 124

冷兵器时代 / 125

轻雷 / 126

站在大海边 / 126

两代人 / 127

好事近 / 128

境界里有芬芳 / 129

故乡感 / 130

潜伏 / 131

除夕夜的短信——来自一位朋友的叙述 / 131

写于斯德哥尔摩 / 132

妈妈打手机 / 133

邻海 / 134

寂静 / 135

高处的灯光 / 135

爱情的救火员 / 136

都市里的狂奔 / 137

中年之悟 / 138

寺院 / 139

四行诗 / 140

医院 / 140

城变 / 141

眺望 / 142

黔地 / 143

布谷鸟与布依族有什么关系 / 143

贺兰山 / 145

飞机的轰鸣声 / 146

垂竿钓海 / 147

冬之溪塘 / 148

废园 / 148

何为艺术,而且风度 / 149

大雾 / 150

山中一夜 / 151

黄昏，一个胖子在海边 / 152

山间 / 153

海之传说 / 154

回湘记 / 155

欧洲的冬天 / 156

新早春二月 / 157

平原的秋天 / 158

一块石头 / 159

夜宿寺庙 / 160

大雪感怀 / 161

新隐士 / 162

例行问话 / 163

戈壁滩 / 164

怪僻的孩子 / 165

诗的危险性在于过于平静 / 166

《芙蓉镇》后记 / 167

疏淡 / 168

与子侄短信 / 168

隐士 / 169

江边 / 170

夜晚，一个复杂的机械现象 / 171

孤独乡团之黑蚂蚁 / 171

半山 / 172

鹦哥岭 / 173

渡 / 174

夏天的到来拯救了我 / 175

第一次感受离别的悲伤 / 176

郊外的湿地 / 177

老火车之旅 / 178

文成的青山 / 179

雨后 / 180

一个男人在公园林子里驯狗 / 181

夏日的星沙小镇 / 183

第四辑（2000—2010）

抒怀 / 187

碧玉 / 187

二十四桥明月夜 / 188

春 / 188

四合院 / 189

可能性 / 190

暴风雪之夜 / 190

南山吟 / 191

咏三清山 / 192

边地 / 193

山中 / 194

同学 / 194

旅行者 / 195

雾的形状 / 196

夜晚,一个人的海湾 / 197

自白 / 198

安静 / 199

她们 / 199

乌蒙山间 / 200

初春 / 201

春色 / 201

春信 / 202

自由 / 203

东湖边 / 204

没有西西不好玩 / 204

一个戒烟主义者的忠告 / 205

一个戒烟主义者的忠告(续)/ 206

事故 / 208

上海短期生活 / 209

异乡人 / 210

撞车 / 211

并不是所有的海…… / 212

花坛里的花工 / 213

神降临的小站 / 214

海边怀人 / 215

在江南的青山上 / 215

河流与村庄 / 216

恩河之夜 / 217

某苏南小镇 / 217

佛山 / 218

石梅小镇 / 219

夜行 / 220

夜深时 / 221

海上小调 / 222

鄱阳湖边 / 223

山中小雨迷谁人 / 224

暴雨 / 225

江湖 / 226

仲夏 / 227

雪国 / 228

朝圣 / 229

隐居 / 229

中秋 / 230

春夜的辩证法 / 231

野猫 / 231

夜行人 / 232

早归人 / 233

北国之秋 / 234

摩的司机 / 234

海岛之夜 / 235

玉蟾宫前 / 235

落叶之美 / 236

鸟的迁徙 / 237

圣米歇尔大街的下午 / 238

河季 / 239

青海的草原上 / 240

绿翠鸟 / 240

一对夫妻 / 242

春光 / 242

反对美的私有制 / 243

三角梅小院 / 244

远望 / 244

老女人 / 245

假如,假如…… / 246

在纽约 / 247

探亲记 / 248

旧年 / 250

诗 / 251

第一辑

(2019—2024)

一花一洞天

鸟只为天空代言
一只鸟,就拥有整个天空

巨鲸为大海代言
巨鲸出动,所有的波浪都为之喧哗

我就为海南岛代言吧
我熟谙此地的一草一木
探亲访友,一花一洞天

诗人啊,你要为人类和世界代言
暮色苍茫,你就是苍茫的见证者
春光乍现,你捕捉第一缕春光

忆上林湖

那一年，一次以春天名义的雅集
四位俊友，在湖中小船上逍遥
青梅酒令人兴致勃勃，但不至于癫狂
我还年轻红润，你也身体无恙
正是意气风发的洒脱年龄
文质彬彬的节制之后，渐露狂野
脱口成诗，挥洒落笔，举杯敬清风和青山

一整个春天的清香都在四围流淌
我们尚不知已被时代的幸运之神垂顾过
此后，我温如玉，你坚如青瓷
而另外两位，也如竹与兰在尘世各自馨香

在松溪遇见青山

星夜，携一本王维诗集到松溪

早晨推开窗,抬头就是满目青山

夜行车的清风已经提醒过我
这一定是郁郁松林里才有的草木清香

通往青山的道路有几条?
有一条肯定是我这样循迹连夜而来的

在松溪,青山无处不在
你有意抑或无意,前后左右都会邂逅青山

在青山之下,你想到的也许是都市红尘
那就把青山独独留给我吧
我愿在此逍遥度世,度过与世无争的一世

石塘:第一缕曙光

一

窗外,片片帆影——飘过
楼下,接纳万里海途归来的船舶

此地的每一扇门都通向大海
海风浩荡,长驱直入每一个房间

二

丽日闪耀,波光粼粼美若天堂
转瞬变天,乌云紧压海面的汹涌颠簸

依靠神明相助,渔夫们划船回到港口
海中最自由的一族,继续游弋于草藻之间

三

大海,是世界上最大的一个广场
舞台上,人与神激情共舞摇曳生姿

大奏鼓响起,仰面迎接新年第一缕曙光
涛声阵阵,万千彩旗朝向大海的方向飘扬

四

向天空致敬,也向白云致敬
向小鱼小虾致敬,也向巨鲸致敬

让心似明月,彻底向世界敞开

和海鸥一起飞翔，随大鹏相伴遨游

让我们向大海祈祷吧，求护佑亲友
让我们携每一朵浪花许愿，愿天下太平

河南老家

窗口晃动的一树红柿子
门前缓缓流淌的改道黄河
这就是河南老家

墙上贴着大"福"字
院子里挂满一串串玉米棒
这就是河南老家

重峦叠嶂的嵩山如画
青台遗址与北斗九星辉映
这就是河南老家

残垣断壁墙不倒
古城已旧草色新
我从墙角看到远近高楼林立

春风再次刷新的老家河南啊
从城市到乡村又逢新一年开端

海　鸥

海鸥啊
你这幻美之神
白云一般的孤高
清风一样的自由飘忽

我起伏不定的心
至今未能如你波浪似的从容荡漾

古　驿　道

一条细长的驿路
串连起一家一户，东南西北
热烈的炉火烟火香火，弥漫千家万户

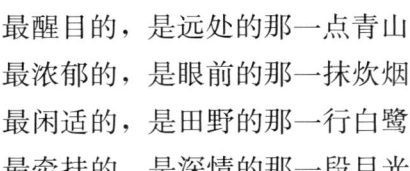

最醒目的,是远处的那一点青山
最浓郁的,是眼前的那一抹炊烟
最闲适的,是田野的那一行白鹭
最牵挂的,是深情的那一段目光

历史就在那一段目光里
目送着走南闯北的人们
一代,一代……

悬　　崖

悬崖,垂直竖立
拦截了所有的道路
直抵眼前,一个必须回答的逼问
武功山祭出的永恒逼问扑面而来

峭壁挡路,你是前行还是回撤?

华南虎遇到过这个问题
它绕着草地转了好几圈
最终还是灰溜溜地打道回府

野鹿也来过
在林荫小道里探索，寻找捷径
后来四腿发软，另觅别途

还是猴子精明
幽灵一样左闪右跳
东晃一下西晃一下倏忽不见了踪影

但最让我倾心的
是一只云外飘来的蝴蝶
停立在悬崖之尖
少顷，翩翩起舞
随后，轻盈地一飞而过……

赞　　美

被你点赞过的石头，就是钻石
被你触碰过的铜铁，就是黄金
被你佩戴过的花环，就是桂冠

我的目光，一步一步地追逐你
我的脑海，晕眩里回荡着风暴

被你撩动过的心跳，就是爱
被你吟诵过的文字，就是诗
被你寻找过的男子，就是王

我的心，一次又一次地战栗
那个男子，是我，又好像不是我

浪花在此掀起……

历史的浪花在此掀起……
长江从青藏高原一泻而下
横冲直撞，至此遭遇铁壁铜墙
多少铁骑折戟沉沙于此
多少大轮船未待传奇展开
就被巨浪掀翻，惊溅起滔天大浪花

内心的浪花在此掀起……
炎日焰火，绿水柔波
糯红高粱发酵的最高境界是酒
泸香点燃才情，兴酣化豪气
赤酒烧霞处，我也要大笑同一醉

纵马欢歌，踏遍泸州唱响秋月春风

青春的浪花在此掀起……
长江岸，沱江边，老桥下
每每排成一队，捡起石头打水花
江风吹拂下高谈阔论，指点江山
那些年水陆并进，入蜀出川
总能看到沱江助力长江急急加快流速

诗歌的浪花在此掀起啊……
灯火闪烁浪花，时代掀大浪花
我们是时间长江中跳跃的一朵朵小浪花

立春：迎接春天回家

春风海上来，春风一路浩荡
年前飞抵天涯，安排渡海通道
敲锣打鼓鞭炮齐鸣正拟启程
红艳艳的三角梅漫山遍野
前方探得消息：春天早已北上

花城，顾名思义鲜花满城

清晨早茶店热气腾腾人声鼎沸
郊外耕牛奋力犁开新的一春
野外山头泛绿,城里杨柳返青
乐呵呵的市民问:唔知不知?

湘江水北去,大雁准备北飞
从衡阳来雁塔上看两岸
春色早已泄露,一览无余
洞庭湖面开冻,鱼儿欢腾跳跃
浪花飞溅之中,齐赴长江奔大海

婺源的油菜花抢先盛开
从溪头开始,零星的几簇花
逐渐繁花似锦,铺满山岭田间
大风车芬芳,空气呼吸亦芬芳
戏台一样的民居里活动的似是神仙

春雨落到江南落到江北
西湖,一艘小船从雾里划出来
又往烟雨朦胧的更深处划去
伊从窗台掀起蓝花布帘探头
听雨巷一声吴侬软语:栀子花咯

北京四合院,屋内温暖如春
果盘在桌上,炉火在壁炉里

青花瓷瓶一枝腊梅供奉于几案
墙上一个"福"字,两边大红春联
众人围坐四周,吃着瓜子闲聊天

迎春仪式就绪,全家等候接驾
云端一声鹤唳,地上行程繁忙
大运河上,燕子引路,春风开道
一乘花团锦簇的轿子抬进院子
春天顺利回家,从此春光辉耀世间

故　　宫

故宫柳色新
对于古老的故宫
我也是一个新人

春色,正从那一小截柳枝侧漏
随之飘下的,是春风,还有花絮
而遗散的,是寒意,是过往的宫廷旧事

青　团

水面灯影幽暗，桨声中
一星如豆，挂在树梢
游子总是寒夜才能回到家中

堂屋，餐桌上的一盘青团
既是食物，又是温馨的慰藉
添上一杯青柴滚，就是母爱本身

又 是 清 明

清晨，窗外鸟鸣似亲人
不是从山间寻到这里的吧？
春风一阵一阵地吹拂
这莫名的感伤一阵一阵袭来

霓虹夜，处处有神奇的相逢

大街上来来往往的陌生人
　　彼此热切招呼，似乎都熟悉
　　或许因为都生活在前世今生里吧

消　　息

寂寥逐渐扩张的时候
鸟雀趁机占据了这个领地
不多的几棵树，构成一个林子
鸟雀嘈杂，显出更深的安静……
这一切，恰合我的心意

我在芭蕉下摆一张木茶几
放两三条小凳，也备了好茶
听说你渡海要来看我
给抑郁已久的心灵放一个假
海上风平浪静，正可启航

鸟飞上飞下，松鼠蹦跳其中
绿植花草环绕，一切相安无事
我稍有些疲累，在春光里小憩
你还要多长时间才能抵达

我安顿好了所有,已准备就绪

致 李 白

古今共有一片青天
你我共有一种情怀

春风是我们的大道
海色是我们的归途

我欲乘风揽明月
余皆为小事,何足道哉

在射洪谒陈子昂读书台读杜甫诗

众山相拥,唯金华崔嵬
涪水到此处,别有气象

千年之后,我亦慕名而来

青苔遗石痕，得诗圣谒陈公题诗处

长廊流连，多是仰望之人
书斋踟蹰者，不乏得道之士

风云变幻之间，多慷而慨之
世事动荡之际，随遇而安

此次仅以一小杯沱酒略表敬意
待我下次过来再痛饮三天

一声长啸破清空
呜呼哉
独立高台之上，顿生低首之心
极尽天涯之境，忽有回头之意

长安秋风歌

杨柳青青，吐出自然的一丝丝气息
刹那间季节再度轮回，又化为芦苇瑟瑟

陶罐，是黄土地自身长出的硕大器官

青铜刀剑,硬扎入秦砖汉瓦般厚重的深处

古老块垒孕育的产物,总要来得迟缓一些
火焰蔓延白鹿原,烧荒耗尽了秋季全部的枯草

我曾如风雪灞桥上的一头驴子踟蹰不前
秋风下的渭水哦,也和我一样地往复回旋

一抬头,血往上涌,一吼就是秦腔
一低头,心一软,就婉转成了一曲信天游

在 北 碚

一

自在据说是此地典型生活方式
溪水相伴,花草长期驻扎在窗前
白云,随一声声鸟鸣不时地来探望你

孤独,由此打开深邃的境界
缙云山,就这样提升了你精神的高度

二

倾听了太多的灵魂的诉说
北碚文化馆,绵延着悠远的记忆
一场细雨,薄薄地打湿清晨的石板地面……

我走过,披着一件历史的风衣
这文明传递的温暖,一直慰藉我到了现在

三

花鸟市场、广场舞和麻将火锅
另一个时代里则是慷慨激昂奔走呐喊

到平民学校去教书认字去开启民智
那个挥动着报纸大声疾呼的长袍眼镜青年
一定是风靡一时的街头偶像

四

北碚往事太多,仰望、沉思和叹息也多
心底就总想和这里发生一点关系
那就为之写一首诗吧

那些枫叶一样火红的岁月哦
写了，就应该像诗里写的那样去生活！

鼓浪屿的琴声

仿佛置于大海之中天地之间的一架钢琴
清风海浪每天都弹奏你
流淌出世界上最动人的旋律

这演奏里满是一丝丝的情意
挑动着每一个路过的浪子的心弦
让他们神魂震动，泪流满面

确实，你是人间最美妙的一曲琴音
你的最奇异之处
就是唤起每一个偶然路过的浪子
不由自主地回想起一生中最美妙的经历

然后，他们的心弦浪像花一样绽开
在这个他们意想不到的时刻和异乡

自　　述

在古代，我应该是一只鹰
在河西走廊的上空逡巡

后来，坐化为麦积山上的一尊佛像
浓荫之下守护李杜诗意地和一方祖庭

当代，我幻变为一只海鸥
踩着绿波踏着碧浪，出没于海天一色

但我自由不羁的灵魂里
始终回荡着来自西域的野性的风暴

西湖，你好

风送荷香，构成一个安逸的院落
紫薇、玉兰、香樟、银杏、梧桐

还有莺语藏在柳浪声中
正适合，散步一样的韵味和韵脚

正当沉浸于苏堤暮晚的寂静之时
我和对面飞来的野禽相见一惊
相互打了一个照面，它就闪了
松鼠闻声亦迅速窜进了松林萱草里

还有十几只禽鸟出没于不远的草地
它们已将西湖当成了家园
分成好几个团伙各自觅食活动
我一过去，它们就四散而逃
只剩下一只长尾山雀大摇大摆地漫步
池塘边的鹭鸶和我皆好不惘然

所以，近来我有着一个迫切的愿望
希望尽快认识这里所有的花草鸟兽
可以一一喊出它们的名字
然后，每次见到就对它们说：你好！

西部的旧公路

从高速疾驰而来的东部人
难以适应这里的荒芜和慢节奏

夕阳西下,人烟稀疏
公路前头慢吞吞行走的牛群
它们从不理睬你的喇叭和喊叫
任你费尽力气吆喝驱赶也不让路

这些牲畜们就是要用这种态度告诉你:
它们才是这里真正的主人!

平凉的星空

黄沙、黄土、黄石、黄岩
黄世界里走着一头头结实的黄牛
它们坚毅的步伐,深沉的哞哞声

泄露了厚重的黄土地隐忍缄默的精神

野草、野花、野兔、野鸡
野外的山谷里奔流着一条野溪
溪水清亮，溪边马齿苋肆意铺展扩张
显现着蓬勃的压抑不住的生机信息

在平凉，我每日里在崆峒的清静中
和南门美食城的夜宵烟火里转换
我恍惚自己是古人，又是今人
身处秦汉，又置身二十一世纪新时代

在平凉，无论我见识过多少沟壑纵横
体验过漫漫风沙带来的何等孤寂和荒凉
只要仰头望见无数夜晚呈现的绚丽星空
那没有一点杂质的纯粹的满天星斗
我就能推测和想象与之匹配的异样辉煌

观　　海

海，每日里演绎着无数浪漫的花样

比如，一次又一次以虔诚的膜拜
扑向你，伴以温柔的细浪的拍打
献花，浪花次第绽放，一朵朵
魔幻般地编织成最奢华灿烂的花篮
还有，殷勤总是随时随地无微不至
一会从内里掏出一两颗贝壳或珍珠
然后以最轻微的呵护，清风般吹拂
甜言蜜语地催眠，让你安心地睡去
如果醒来，就随手一伸
抹来一缕晨曦或一片明月为你化妆

海，自古以来就有这么多的浪漫手段
惜乎人类至今未习得些许……

南　　音

五店市，青阳山下官道旁的一个古驿站
建筑着绘金描银雕梁画栋的红砖大厝
铺展着酒馆茶店药铺香舍客栈和寺庙
堆放着丝绸瓷器茶叶大米食盐还有杂货
栽种着芭蕉竹子香樟榕树米兰与山茶
输送着东土西域南来北往的陆贩海客马帮挑夫

临近深夜，在此住店的人就心下柔软难以入眠
耳边隐约有来自梦幻深处的一缕缕弦乐萦绕
就不约而同不由自主地涌向南音会馆

南音，才是每一个游子心头真正的驿站

霞浦的海

一

霞浦，霞光的巢穴
霞光从此起飞，霞光从此出动
黄昏，全部收回，织就满天锦绣

二

霞浦，霞光的渊薮
从天边涌来，从海中跃出
取下架笔，蘸一点霞光，写万千彩章

三

霞浦,山海相映
山之陡峭,恰显海之气象
海之辽阔,方有山之险峻
山,高耸出了高度;海,深沉进而深远

四

霞浦自成一世界,云环雾罩
竖立的悬崖是你的,岬角的小花也是
混沌的岛霭是你的,推涌的波浪也是
海是天然舞台,那一轮磅礴而出的崭新的太阳
也是你的

五

海刷新着世界,每一天都是新的一天
海永远年轻,古老只属于速朽的事物

在霞浦,一切如此现代并继续现代
每天花样翻新的云,每天轮流升起的日和月
你也不再是昨天的你,你已被海风刷新了境界

古　　渡

每一个人心中都会有一个古老的意象

比如车站,可以通向远方的起点
比如寺庙,一个最终的安静归宿
比如蓝海,如此浩瀚又如此包容
比如刺桐,内心的灿烂需要舒展
比如秋霜,成熟到绚丽之后的冷寂

而我独爱古渡,掩映于茂密大榕树下
缄默恪守每一个清晨和夜晚的古渡
无论世界怎样喧闹或寂寥
皆只面对一条阻断道路的水
自渡,渡人

父亲的身影未出现

"你爸身体不舒服,不下楼吃饭了"
梦中,我们兄弟三人,围坐一桌
母亲做完菜,解下围裙
擦了一下手,招呼我们开始吃晚饭

这是第一次,父亲的身影没有出现
半个月前,父亲去世了
这是他去世后第一次出现在我梦中
母亲说过他去世前两天就没怎么吃东西

这一次,父亲的身影未出现
在梦中,他也只是被我们谈论到……

秋　　忆

在荫翳的林子里,沿途看见一些墓地

秋风沙沙,鬼魂也需要被追忆
一些已经逝去的人,固执地重现
星星点点的红白小花,似叹息围绕

远山的薄雾,与我轻微的忧郁症相适应
唯耳边的鸟鸣,提醒一点清晰的意识和活力

黎　　明

在百里长川,无边的开阔地
我随着昏昏沉沉的大地一起醒来
恍惚中,听见一辆远处的马车
自地平线驰来,满载着珠宝
一开始如风缓慢,后来加快加速奔腾
金色银色光针随松针哗地一齐撒向四野

晨曦渐渐地掀开蒙昧世界的帷幕
我猛地意识到:这就是黎明
能意识到黎明的人,就是一个诗意的人

当我在世界各地行走……

我到过东欧小城郊外的葡萄园
草木静寂,没有任何人来欢迎我们
一条小狗一只小猫都没有
但我们仍欣欣然,在枝叶间一路游荡

我还到过德黑兰市中心的公园里
穆斯林在草地上铺开地毯,合围而坐
青年男女赤脚伸进沟渠冰凉的水里
他们的快乐,不只是表面上的

我也到过新泽西附近的茂密森林里
在公路旁停留时,我看见一头鹿迅疾离去
但当地人告诉我,隐秘的不远处
也许有一只狼正冷眼盯着我

我每走到一处,总有声音提醒我
下车时请带好你的贵重物品
我想了一下,我最贵重的
只有我自己,和我的一颗心

通灵的特使

这只猫,深养于书香之家
狂躁的脾气早已修炼得温柔恬静
沉香之韵味,诗画之优劣
它一闻便知,但不动声色

它对俗人也一闻便知,会躲得远远的
若遇心仪之士光临,它会主动迎上去
乖巧地伏在桌椅边,半闭着双眼
聆听主客对话,仿佛深谙人世与宇宙的奥秘

应该对春天有所表示

倾听过春雷运动的人,都会记忆顽固
深信春天已经自天外抵达

我暗下决心,不再沉迷于暖气催眠的昏睡里

应该勒马悬崖，对春天有所表示了

即使一切都还在争夺之中，冬寒仍不甘退却
即使还需要一轮皓月，才能拨开沉沉夜雾

应该向大地发射一只只燕子的令箭
应该向天空吹奏起高亢嘹亮的笛音

这样，才会突破封锁，浮现明媚的春光
让一缕一缕的云彩，铺展到整个世界

雪 的 怀 念

雪，已成为都市人群的乡愁
雪，俨然已被这个时代放逐
人们已习惯浓霾、堵车和流行病
雪隐匿不见，污染加剧

雪，曾是纯洁空气的象征
雪，是四季正常轮回的前提
超市里商品琳琅满目，应有尽有
但人们制造不出雪，也买不到雪

雪国，对于我来说就是故国
灯笼、炉火和鞭炮构成的故乡
我竖起衣领，踩着咯吱作响的雪泥
一直走到冰凌闪烁的你家窗下

小提琴响起，天空飘来一点碎雪
接着，溅起一大堆雪
再接着，是一场鹅毛大雪
最后，漫天飞雪，以及我浑身战栗的激动！

巴黎印象

比起宽敞的塞纳河
那些藏在幽深处的溪流更迷人

比起笔直的林荫大道
那些曲里拐弯的小径更神秘

比起灯火摇曳的咖啡厅
那些公园里的长椅更适合爱情

比起开阔平坦的广场
那些街道的角落里发生了更多的故事

槟城剪影

椰树举着宽敞的大伞
槟榔河冲开了海面的鱼群
白云下一个人儿孤单站立在岸边
等待远航归来的帆船

槟榔花吐出迷魂的芳香
雨水洗刷着风尘和忧愁
他终于回到了朝思暮想的槟城
芭蕉叶后面有着年迈的父母和家

山 行

野草包裹的独木桥
搭在一段清澈的小溪上

桥下,水浅露白石

小溪再往前流,芦苇摇曳处
恰好有横倒的枯木拦截
洄环成了一个小深潭

我循小道而来,至此
正好略做休憩,再寻觅下一段路

热 带 雨 林

雨幕一拉,就有了热带雨林的气息
细枝绿叶也舒展开来,显得浓郁茂盛
雨水不停地滴下,一条小径通向密林
再加上氤氲的气象,朦胧且深不可测

没有雨,如何能称之为热带雨林呢
在没有雨的季节,整个林子疲软无力
鸟鸣也显得零散,无法唤醒内心的记忆
雨点,是最深刻的一种寂静的怀乡方式

第二辑

(2015—2018)

我是有大海的人

从高山上下来的人
会觉得平地太平淡没有起伏

从草原上走来的人
会觉得城市太拥挤太过狭窄

从森林里出来的人
会觉得每条街道都缺乏内涵和深度

从大海上过来的人
会觉得每个地方都过于压抑和单调

我是有大海的人
我所经历过的一切你们永远不知道

我是有大海的人
我对很多事情的看法和你们不一样

海鸥踏浪,海鸥有自己的生活方式

沿着晨曦的路线,追逐蔚蓝的方向

巨鲸巡游,胸怀和视野若垂天之云
以云淡风轻的定力,赢得风平浪静

我是有大海的人
我的激情,是一阵自由的海上雄风
浩浩荡荡掠过这一个世界……

海 口 老 街

芭蕉只是提供了一种线索
骑楼和海南话都在暗示
茉莉花香将我牵引到了一条幽暗的胡同

我低着头只顾埋头冒雨前行
抬头却是一幢陌生的南洋式家族大院
我肯定没来过这里,我迷路了
却偶遇一位有过一面之缘的本地女孩
我脱口而出:你女伴呢?

三天前,我随刚结识的当地朋友去一家茶餐厅

座中皆中学同学,两个女孩正当对面
一个性情活泼,一直参与海阔天空地聊天
一个清爽干净,却始终安安静静
只是,离开的时候当地朋友告诉我
刚才我起身出去买烟的时候
那个一直安静的女孩笑我
说这个大陆仔怎么这么有意思啊

到底怎么个有意思?
很久以后我才知道
她是笑我说的那些不知天高地厚的大话

忆岛西之海

有些是大海湾,有些是小海湾
比起东部的海,它们要寂寞许多
大多躲在密密麻麻的木麻黄的背后
要穿过大片的野菠萝植株群才能发现它们
在被人遗忘的季节里,浪花竞相绽放
一朵又一朵独自盛开,独自灿烂
独自汹涌,独自高潮,再独自消散
若有心人不畏险阻光顾,惊艳之余

还会听到它们为你精心演奏的大海的交响曲
和月光的小夜曲……
如果你愿意一直听到天亮
还会获得免费的第一道绚丽晨光

云之现代性

诗人们焦虑于所谓现代性问题
从山上到山下，他们不停地讨论
我则一点也不关心这个问题

太平洋有现代性吗？
南极呢？抑或还有九曲溪
它们有现代性吗？

珠穆朗玛峰有现代性吗？
黄山呢？还有武夷山
它们有现代性吗？

也许，云最具现代性
从李白的"众鸟高飞尽，孤云独去闲"
到柳宗元的"岩云无心自相逐"

再到郑愁予的"云游了三千岁月
终将云履脱在最西的峰上……"

从中国古人的"只可自怡悦,不堪持赠君"
到波德莱尔的巴黎呓语"我爱云……
过往的云……那边……那边……奇妙的云"

还有北美天空霸道凌厉的云
以及西亚高原上高冷飘忽的云
东南亚温润的云,热烈拥抱着每一个全球客

云卷云舒,云开云合
云,始终保持着现代性,高居现代性的前列

秋　　夜

柏森祠堂深藏的鹧鸪呼唤出暮晚
金水溪桥边,星星们和三两闲人现身草地
桂花香浮现出散逸的清氛气质
映衬着城中万家灯火世俗气息

锦里方向,华灯闪耀,夜生活一派繁忙

人们在炒菜、吃饭、闲聊和打扫
一家人围坐沙发看电视,一个人站立阳台发微信
每一扇窗户里都显出人影幢幢的充实

我站在不远处的高台上,看着他们
又仿佛自己正寂寥地置身其中
我和他们平分着夜色和孤独感
我和他们共享着月光与安谧

西山如隐

寒冬如期而至,风霜沾染衣裳
清冷的疏影勾勒山之肃静轮廓
万物无所事事,也无所期盼

我亦如此,每日里宅在家中
饮茶读诗,也没别的消遣
看三两小雀在窗外枯枝上跳跃
但我啊,从来就安于现状
也从不担心被世间忽略存在感

偶尔,我也暗藏一丁点小秘密

比如，若可选择，我愿意成为西山
这个北京冬天里最清静无为的隐修士
端坐一方，静候每一位前来探访的友人
让他们感到冒着风寒专程赶来是值得的

在北方的林地里

林子里有好多条错综复杂的小路
有的布满苔藓，有的通向大道
也有的会无缘无故地消逝在莽莽荒草丛中
更让人迷惑的，是有一些小路
原本以为非常熟悉，但待到熬过漫漫冬雪
第二年开春来临，却发现变更了路线
比如原来挨着河流，路边野花烂漫
现在却突然拐弯通向了幽暗的隐秘深谷

这样的迷惑还有很多，就像头顶的星星
闪烁了千万年，至今还迷惑着很多的人

凉 州 月

一轮古老的月亮
放射着今天的光芒

西域的风
一直吹到了二十一世纪

今夜，站在城墙上看月的那个人
不是王维，不是岑参
也不是高适——
是我

神 之 遗 址

仿佛神从大地撤离后留下的遗址
这里处处能窥见神迹，感受神的气息
庄严的寺庙，金刚顶一样藏身其后的雪山

林中激流冲刷而下,让梅花鹿犹豫不前
大风呼啸,经幡飘扬,方塔虔诚竖立

还有男神一样的康巴汉子
脸色祥和美丽多姿的藏族女子
他们都是神的后裔,举止异于凡人
他们身上流着神的血液,继承神的气质
他们走在高原上宛如一道天庭里才有的风景

我们都深信神经常垂顾此地
他们踩着白云随时去来,他们以风显灵
或在冬雪隐匿之后托繁花表达意志
通灵的人总是在瞬间领会,立即策马追逐
高原上到处是寻觅神之身影的春忙景象
人们载歌载舞,发誓要追寻到远方和天边

青龙胡同肖像

晨光中站在胡同口提着鸟笼的老大爷的闲散姿态
应该立成雕塑——
那是最著名的老北京风俗画

胡同里的每一块砖都是古董
胡同里的每一片瓦都堪称文物
都应该保护起来

黄昏坐在树下吃饭的一家三口其乐融融的寻常景观
应该永久镌刻——
那是最典型的非物质文化遗产

胡同里的每一棵大槐树都古色古香
胡同里的每一盆兰花都悠久芬芳
都应该予以保留

此外，在这座最生气勃勃的日常生活博物馆里
能否保存屋檐下最古老的那一份温馨
邻里间总是客客气气嘘寒问暖
能否留住树上和墙头长年挂着的那一声声鸟啼
提醒着人世间的某种简单、安静与持续性

民国的黄昏

黄昏，暮色和我分享了此刻的宁静和迷惘

青砖、黑瓦、白墙的别墅间,点缀着古松
这里是莫干山下著名的民国风情小镇
林中清风没有任何禁忌地四处游走
顺便,捎带着浓郁得正需要疏散的桂花香
晚钟,恰到好处地应和着荡漾回响

漫无目的地走在陌生而又熟悉的街景上
走着走着,仿佛走回了上个世纪的时光中
我听见身后一对陌生男女的对话:
"这条路有些长,我们可能迷路了……"

尼洋河畔

在纽约,我听到过一个走遍全世界的人说:
每个地方的生活都是一样的
每个地方的爱情也是一样的

林芝就是一个不一样的地方
雪域高峰,时有神迹圣意闪烁
丛林中的一泓蔚蓝,深谷的大片野花
山顶的白云飞扬,携带着彩虹与霞光
让每一个目睹者倍感殊荣,福佑均沾

深夜,我在尼洋河堤上散步
黑暗中听见雨后激流的喘息声
我看到一对学生模样的藏族小恋人
树下,男孩踮着脚为女孩撑伞遮雨
看到我走过来,女孩轻声说:
"不用打伞了,没下雨了"

这声音多像四十年前我听到过的
这黑夜,这激流制造的不平静
也是一样的

雪的形象

冬雪纷飞,定格了这一个寂静国度

每一丛草皆凝结晶莹冰凌
每一棵树都披挂琼花玉枝

心亦清静,清静地听到了雪落无声

我亦清静,清晰地看到模糊的窗玻璃上
你以雪花的形式,飘浮在越来越深的夜晚

在 成 都

在成都,我无意于麻辣火锅
也无意于兔头肥肠
在成都,我不关心宽窄巷子
也不关心九眼桥
在成都,我不热衷环球中心
也不热衷国际会展

在成都,我沉迷于浣花溪的荷花
也沉迷于草堂的绿荫
在成都,我欣赏锦江边的垂柳
也欣赏望江楼的修竹
在成都,我喜欢浓烈的川酒
也喜欢淡雅的竹叶青

在成都,我更为历代传诵的锦绣诗词倾倒
我相信这些诗词呈现的才是真正的锦官城
必得雕词琢句,方可织造出
如此之蜀绣般华丽

府河边的垂柳

躺在府河边的蓬草之中
杨柳,会轻轻垂拂我的脸

杨柳,是天地之间的袈裟吗?
春风会挽着它飘扬舞蹈
月光会顺着它悄然落地
杨柳无言,万物随之垂下
影子溶入水中,无声无息……

杨柳总是垂下,轻拂大地
有时甚至低入尘埃之中
而我们的灵魂却逆向超度而上,直抵天空

牙买加船长的自述

对于一个远洋轮船员而言

乘风破浪已内化为我的一种自觉
当我第一次以船长身份率船出海时
我还是有些不由自主地紧张和激动

那次，我们从印度洋启航
汽笛长鸣，巨轮慢慢驶出港口
海面上风平浪静，海天肃然寥廓
整个世界都已做好准备，迎接我们的出行

一只海鸥飞来，在头顶盘旋了好几圈
仿佛专门向我报告一路平安的喜讯
远方有意想不到的惊喜在等候我们
此行一定会一帆风顺勇往直前

我是牙买加人，从小以海为家
父亲就是一个水手，母亲来自欧洲？
我是他们码头停靠酒后偷欢的产物
我被像一袋货物一样扔到了这个世上

当远洋轮船员已经十载
我长期穿行于太平洋、印度洋、大西洋
上一次在波斯湾遭遇飓风损失惨重
船长的职责就因此交给了我这个老舵手

果然，此行只有一点小小的风浪和风波

一对情侣船头接吻，趔趄差点掉入大海
船上餐厅有好几个瓷碗意外被摔破
不过中国人说这个没事，是"碎碎平安"

这样有惊无险的插曲平添了一些趣味
人生不就是这样由众多经历构成的吗？
我庆幸我第一次当船长如此顺利平安

当轮船在伊斯坦布尔下锚之时
我感到我虽然在陆地上普通得无足轻重
但在海上，我拥有了自己的宫殿和王国

戈壁滩，越行越远的那个人

空空荡荡的戈壁滩上
人可以弄出很大的动静
在大风的推动作用下
人可以制造出更大的动静
更不要说顺着风走向戈壁深处的一群人
他们去寻传说中的宝石，争先恐后
很快就不见了人影，消失在远处

但走得最远的那个人
是一个走向了相反方向的人
他也许是被风景吸引
他逆风而行,越走越快
先是消失在戈壁滩边缘的草丛里
最后,彻底从我们视野之中消失了

春　　风

春风一样的性情女子
喜欢使点小性子
一扬手,就打翻了胭脂盒
再一挥手,将香水泼溅在草地上
于是,遍地就姹紫嫣红、活色生香

如果,再来那么一两声娇啼莺语
该就是所谓春色无边的风情了吧?

虞　山

每次到虞山，我总是兴冲冲地
直奔山顶，行走一圈，仿佛巡视封地
有时也钻到林子深处去寻幽访古
此地有足够多的古迹和文物值得勘探
有时则登高望远，近观尚湖，远眺长江
俨然要指点一下江南山水形胜之地
然后，找一处茶馆，悠然地斟一杯清茶
俯瞰人间，猜测香火缭绕的兴福禅寺的方向所在

虞山不高，但其人文高度巍峨
每次登上虞山，我总有一种说不出的满足感
想到历史上如此多的贤人雅士曾云集于此
精神上的满足感就愈加强烈浓郁

多少年过去了，虞山还在那里
青葱黛绿依旧，气定神闲如初
只有我年近半百，心态今非昔比
我现在更喜欢坐在和风习习垂柳轻拂的湖边
隔着粼粼波光，看着眼前的虞山

早年逢山必登的豪情早已烟消云散

月　　亮

愈孤独，愈仰望月亮

月亮，这人类孤独的投射物
这就是为什么每一个深感孤独的夜晚
我们会不由自主地抬起头来
寻找你的慰藉

中秋尤甚，这一天
一年恰好过完大半
我也一样，人生也已过半
而爱人和青春时的理想仍在远方

我们总是深刻地凝视月亮
我们习惯地从你那里撷取光芒和力量
来填补内心的深渊和平衡人生的失重
几千年来，人类的忧伤都注入了你

古老的月亮，承载着这一切

在太空中默默地转动

珞珈山的秋色

珞珈山是一个自然美的立体博物馆
我认为，这个博物馆最值得收藏的
是珞珈山的秋色

枫红，菊黄，桂香，满地落叶
以及东湖边草丛的一泓深绿
珞珈山顶的一朵白云一片蔚蓝
都应该制作成一个个精致的样本
永久地存放于博物馆里最醒目的位置

江　南

春风的和善，每天都教育着我们
雨的温润，时常熏陶着我们
在江南，很容易就成为一个一个的书生

还有流水的耐心绵长,让我们学会执着

最终,亭台楼阁的端庄整齐
以及昆曲里散发的微小细腻的人性的光辉
教给了我们什么是美的规范

新　　月

祷告声,划出了静谧和悠远的范围

我逾万里而来,抵达此伊斯兰之城
却没有多少游览和探险的兴致
我每天蛰伏在图书馆里翻阅古籍
更沉浸于孤本、考古而非当下现实
偶尔会于冥想之余,掀开窗帘俯视下面
一窥街道上黑袍围巾包裹的穆斯林人群

但我确信在宗教国度里,睡眠会更深沉
远处的阿尔伯兹山和近处的清真寺相对肃穆
晚钟和尘霭之上升起一轮新月
使这古老波斯的宁静更加广大和久远

老人和花草

老人们喜欢坐在树下
老人们还喜欢站在池塘边
看荷花,看鱼儿戏藻……

老人们总是在公园里
他们三三两两,喜欢和花草们待在一起
他们也和花草一样,都安安静静的

这多像一幅画啊
我也正在一步一步地走进这画里

冬天,只剩下精神

冬天,把大地都暴露了
野草枯了,森林光秃了
河水也被冻结封存了

再没有什么秘密可以掩藏了

冬天,把动物的行踪也暴露了
空空漠漠的白茫茫一片
放眼看去什么都是一清二楚的
一点点黑影也会格外醒目

冬天,把人也给暴露了
天寒地冻,再也不能为所欲为了
日子贫瘠,也没什么可炫耀和自得的了
人心底的那点念想也遥不可及了
人活着,就剩一点精神了

这点精神,就暴露在天地之间
这点精神,就是人的一口气
仿佛荒凉的村子上空还缭绕的那一缕炊烟

天使回故乡
——致春节返乡的铁骑大军

罗小虎是我的一个外甥,如今落户东莞
他迷信:头发落在哪里,哪里就是故乡

他决定骑着刚买的摩托车赶在年前回家理发
虽然家乡离东莞有近一千公里之远

罗小虎将决定告诉小他两岁的女友
女友竟两眼发光一阵欢呼
耶，我们可以像天使一样
在高速公路上高速飞驰，好浪漫呀

女友的惊呼声吓得路边的麻雀乱飞
抬眼看天空已无大雁的踪影
罗小虎有些欣慰又有些茫然
毕竟，这是他二十岁人生的第一次长征

就这样，他们一大早全副武装出发
加入了京广高速上春节返乡的铁骑大军
这支铁骑混在大巴、卡车、货车和小车之中
仿佛一支混合部队，一路雄赳赳气昂昂北上

这支铁骑比较灵活，一会快一会慢
当汽车撞车停滞之时，铁骑轻松超车
当大车拥堵之时，铁骑见缝插针
只是，女友相拥的温暖还是抵御不了寒风侵袭

一场无法预料的冷空气发动空前的攻击
雨雪交加北风陡峭将一切瞬间冻结

京广高速地面结冰成了世界上最大的停车场
从空中看壮观如新时代的万里长城

罗小虎的摩托车夹在车流和冰雪地上无法动弹
他也舍不得丢下包袱弃车而去
附近村民送来的热水和包子使他们不至绝望
罗小虎心中悲怆而又不甘地仰望着前方

当黑暗降临一切停顿毫无办法之时
罗小虎只好拿出手机向爸妈说明情况
他一边抽泣一边和女友紧紧相抱
两个人好像都看到了远方的故乡

此刻,他的心,还有她的心,都飞翔了起来
就像天使一样,回到了故乡

地 铁 景 观

最酷最炫的都市气息,不是在香鬓衣影步履匆匆的大街上
而是在挤成一团的地铁里,酝酿发酵,扑面而来

那些突然安静下来的一个个面无表情者

其孤独感有多深，可以从其手机刷屏的时间有多久看出来
其焦虑感有多强，可以从其手机刷屏的速度有多快看出来
在飘散着香臭汗馊诸种复杂味道的暗淡狭隘的车厢里
对于每一个恨不得将自我尽量蜷缩乃至隐形起来的个体
手机，是唯一闪烁的光亮吗

其迷茫感，其困惑感，其隔阂感，其诡异感
在封闭的缄默的空间里弥漫着承受着
在等待戈多般的流淌的时间里传染着延长着……

清　　明

这一天注定细雨霏霏，或春光明媚
这一天青草萋萋，树木肃穆
这一天花亦安静，鸟亦低语
这一天水寂寞无声，山等候着前来扫墓者

这一天，沿途皆迷幻，似曾相识
老者和孩子，旧识与新人，死者或生者
都被春之魔力从各自角落吸纳召唤出来
每一个皆有缘者，每一个都仿佛亲人

这一天可以思前顾后，告往知来
借一场大哭卸下包袱，轻装出发
这一天可以穿越阴阳，抹平差距
蝴蝶白日盘桓坟地，燕子暮晚按时返回檐巢

这一天是一切交接、轮回和中转的平台
前乃冬之风霜背影，后为春之轻盈步履
一边是哀泣与祭祀，一边是踏青与高歌
悲伤与喜悦同一刻发生，酒醉催促高潮

这一天，神和鬼私自默契
许诺万物以安宁清静
这一天，天和地亦商量妥当
要启用这一天来达成一个世上的大和解

我管不住我的乡愁啦

我有利器，擦拭我的乡愁
比如浓霜，比如流云
比如寒风，比如暮色
在这样的擦拭之下
我的乡愁明晃晃

我有佐料,调剂我的乡愁
比如香草,比如黄叶
比如浓茶,比如烈酒
在这样的调剂之下
我的乡愁沉甸甸

我的乡愁有它自己的生命啊
它愈来愈厚,愈来愈大
仿佛一个器官,自行膨胀成巨无霸
我已完全无法控制它了
哎呀呀,它就要离我而去
远走高飞了……

在 昭 通

这些云雾缭绕的小城
其神秘,不在于一丝丝缥缈的云雾
而在于乌蒙山间的茶马古道
石阶上反复踩踏烙下的马蹄印
荒草里深埋的岁月的秘密和史籍的线索

这些云雾遮掩的小城
其神秘,不在于一缕缕纠缠的云雾
而在于街边蹲着的沉默的发呆者
路旁挨挤着的密密麻麻的杂货铺和客栈
每一个里面都暗藏多少心事和故事

这些云雾笼罩的小城
其神秘,不在于一团团混沌的云雾
而在于大街上公园里到处充斥的激情男女
那些内心压抑不住突然迸发的火爆热烈
就像经常猛地探头出来的太阳,让你惊艳

写于5月18日收海南岛新鲜荔枝

"飞机""高铁"和"快递",据说是全球化词语
但我对此一直心存疑虑、心生抵触

直到今日,我才真正理解了"现代"的确切含义
昨天海南岛诗友打手机说要给我寄新上市的荔枝
就是苏东坡所说的"日啖荔枝三百颗,
不辞长作岭南人"的那种荔枝
我还权当酒话,未做理会,过后便忘

谁知今日中午两点,我就接到顺丰快递通知
在京城收到了这份厚重的大礼
顺丰真的是快过"一骑红尘妃子笑"的盛唐速度啊

吃着这思念多日以为不可能得的嫩液白汁的荔枝
我感觉自己真正读懂了所有关于伟大情谊的各种神话

珞珈山的樱花

樱花是春天的一缕缕魂魄吗?
冬眠雪藏,春光略露些许
樱花则一瓣一瓣地应和开放
艳美而迷幻,音乐响起
万物在珞珈山上依次惊醒复活

珞珈山供着樱花如供养一位公主
此绿色宫殿里,唯伊最为美丽
娇宠而任性,霸占全部灿烂与光彩
迷茫往事如梦消逝,唯樱花之美
闪电一样照亮在初春的明丽的天幕

珞珈山上,每一次樱花的盛开

皆仿佛一个隆重的春之加冕礼
樱花绚丽而又脆弱,仿佛青春
年复一年地膜拜樱花即膜拜青春
春风主导的仪式里,伤害亦易遗忘

偶遇风或雨,樱花转瞬香消玉殒
然一片一片落樱,仍飞舞游荡如魂
仍萦绕于每一条小径每一个记忆角落
珞珈山间曾经或深或浅的迷恋者
因此魂不守舍,因此不时幽暗招魂

我是有故乡的人

我是有故乡的人
我的故乡在东台山下涟水之滨
我每回一次故乡
就获得一种新的打量世界的视角

这种视角就是父亲的视角
我父亲今年八十六
但他的思维仍停留在五十年以前
他恪守早睡早起、早上练拳晚上散步的习惯

以及菜市场、公园和家三点一线的生活方式
每次,我从外地赶回来,看见他总有些激动
他却毫不惊奇,仿佛我从未离开过家
他怀旧,对往事如数家珍,对当下却相当隔阂
我父亲的固执让我相信
这个世界其实没多大变化
虽然有些人动辄夸张地形容为天翻地覆

这种视角就是我少年的视角
每次回到故乡,我仿佛置身于三十年前
我还会为不平之事拍案而起
还相信未来相信坚持下去会别有天地
我有时踱步到火车站,看到一条条铁轨
还会唤起那时对远方的种种幻想和向往
我沿着当年每天跑步的那条河边小道奔走
又重拾起当初充满激情和理想的执拗
我在每一个地方都会触景生情睹物思人
从中吸取一种简单质朴的纯粹力量
然后坚定精神,回头应对这慌张混乱的时代

这种视角就是东台山的视角
任天下风云变幻,东台山屹立不动
在雷鸣电闪狂风暴雨之中
宝塔在天空下更显清晰的坚挺的形象

这种视角就是涟水河的视角
船来船往藻草繁盛的时节
涟水河里浪花飞溅鱼儿跳跃
河流的本质就是流淌，永远奔涌着激流

我是有故乡的人
每次只要想到这一点
我心底就有一种恒定感和踏实感
那是我生命的源头和力量的源泉

深刻的意义

每次，那个挂着拐杖的小姑娘到达办公楼时
小保安都会马上主动跑过去给她开门
然后，按好电梯，看着她进电梯
平时，他只是坐在保安室里尽职
即使领导过来，也一动不动
小姑娘的父亲，每天骑着自行车送女儿上班
停在大门口，看着她进电梯后才放心离开

这一场景应该持续了很多年
我虽然来这里的时间不长，也已看到好多次

但直到这个秋天来临,寒风瑟瑟的清晨
我才意识到其中深刻的意义
并为之专门写下这首诗

小 社 会

当我发现院子里的树长高了的时候
院子里的孩子们也似乎一夜之间长高了

这个暑假,孩子们还是在院子里尽情地欢闹
他们互相之间玩得很熟了
不分彼此地混在一起追逐着叫喊着
连树上的小鸟、草地上的小狗也被感染了
大大小小天上地下都在一起喧嚷着吵闹着

突然,一个孩子受伤了
其他孩子都围了过来
说话也变得轻声细语小心翼翼
有为他揉伤的,有扶着送他回家的……

这构成了多么和谐的一个小社会
足以成为所有大社会学习的典范

我的永兴岛

那一片片白云飘落的地方
就是永兴岛
岛上姑娘的纱巾
比白云还要洁白

那一朵朵浪花盛开的地方
就是永兴岛
岛上美丽的鲜花
比浪花还要绽放

那一层层晚霞映红的地方
就是永兴岛
岛上炊烟的升起
总在日落之时

那满天晨曦照亮的地方
就是永兴岛
岛上渔民的渔船,出海很早
他们划向的方向
就是晨曦射过来的方向

金华江边有所悟

微雨之中,我再一次来到江边
沿着杨柳垂拂的小径孤独前行
途中遇到过几个百无聊赖的少年
喧嚣的市声跟随身边,怎么也摆脱不了

还在到来之前,我恰陷入深深的困倦
旅途的奔波,对世事的厌烦,以及
无端遭遇的深重的虚无感
即使在最深沉的睡梦之中也无法消除

大梦一场,也抵消不了内心的抵触
那些所谓功名利禄蝇头小利的计算
如浓厚的无处不在的雾霾一样包围人世
每一滴汁液都蕴含微量毒素渗入人们的神经

在流淌的金华江边,我慢慢地走着
目测江对岸世界的广度,体验时间的长度
清风携带着细雨飘散到我的脸上
我的呼吸开始和江流一样变得平缓起来

在青色的天空下,在越来越开阔的江面上
我看见一只白鹭在微波之上缓缓地飞行

小　　城

时令青菜
是这柴米油盐庸常日子里的一点新意

小城市里最温馨的一幕
茶馆里,几乎每个人都在不停地打招呼
因为他们互相都认识

偶　　尔

花儿,偶尔在墙角探头
一种触目惊心的美

月儿,偶尔从院子里经过
一种惊心动魄的悲伤

泄 露

她垂下眼帘
关闭了自己的内心秘密
仿佛一睁开就会泄露似的

她总是这样神秘而遥远
仿佛白云辉映之下
墙角里独自摇曳的一株幽草

秋 之 夜

寂寞,被一只蟋蟀按在了墙角
并压上了一块石头

雨加浓了酒,酒加重着愁
但投入黑暗深处的深沉一觉
就可以解决一切问题

美的分寸感

美的分寸感
呈现在她每一缕
精心梳理过的细腻的发丝上

深夜,他蹑手蹑脚地潜入
却仅仅亲吻了一下她的额头
没有偷走任何东西,包括她的心

春　　夜

春夜,无人时
一个青年男子,在树木稀疏的小道上
优雅地脱下白衬衣
搭在左肩上

他经常在林中散步
吸收着草木之清香气息

雪　夜

雪堆,洁白而素美
仿佛异教徒的坟墓
属于某个我们一无所知的种族

雪夜寂静,虚无是一片清白迷幻的月光
生,就是那一连串细碎杂沓的脚步声

中年单身男

雨夜,他喜欢看恐怖片
自我制造一点没有风险的惊险

他那可怜的欲望
一会儿膨胀到吓人的巨无霸
一会儿又缩小到仅仅一丁点

他把婚姻视为历史遗留问题加以冷处理
他把爱情看作现实需要
但始终停留在幻想的阶段

道

道藏于野
在这深山里
道,就是那一朵独自灿烂的白菜花

在这半亩土地上
已经长出了木瓜、南瓜、阳桃和韭菜
就像我在纸上写出了云、流水、小站和暴风雨

疏 离 感

春天来了
飞絮吹得每一个人心里慌乱

雨中,细小的草在呐喊
台阶上溅起水花
随后散成泡沫

细雨中仍穿戴整齐彬彬有礼的他
显现出与这个时代的一种礼貌的疏离感

我是有背景的人

我们是从云雾深处走出来的人
三三两两,影影绰绰
沿着溪水击打卵石一路哗哗奔流的方向
我们走下青山,走入烟火红尘

我们从此成为云雾派遣的特使
云雾成为我们的背景
在都市生活也永远处于恍惚和迷茫之中
唯拥有虚幻的想象力和时隐时现的诗意

珞珈山的鸟鸣

珞珈山是一片茂密森林,也是鸟鸣的天地
清晨鸟鸣啾啾,此起彼伏
正午鸟鸣交织,覆盖森林
黄昏,则只剩一两声鸟鸣悠然回响
你所能体验并有所领悟的最微妙的境界
全在于你能否听得懂鸟鸣

我也与鸟鸣有过秘密的交流呼应
孤独无依时,你安慰过我
寂寞无聊时,你与我对话
有一次,一只鸟儿冲我反复啼鸣
引领我进入一片丛林
然后,我好奇地跟了过去
来到一片空地,惊讶地发现
呵,眼前湖光山色,豁然开朗
原来,这里才是珞珈山俯瞰东湖的最佳位置

就这样,当我还在懵懂无知的十七岁的时候
你给我启迪了一个全新的世界

后现代意象

站在中国高铁株洲制造工厂
我的思绪一下折回到人类速度史
从驴车马车轮船汽车到火车飞机
我的心一路加速,如绷紧的子弹头
以二十一世纪的高速迅速发射出去

然而,在我的身边
是永远缓缓流淌的沉稳的湘江
这是衡岳缙云韶峰苍梧构成的画廊
这是潇湘芙蓉桃源洞庭编织的意境

春天,我有一种放飞自己的愿望

两只燕子拉开了初春的雨幕
老牛,仍拖着背后的寒气在犁田

柳树吐出怯生生的嫩芽试探着春寒
绿头鸭，小心翼翼地感受着水的温暖

春风正一点一点稀释着最后的寒冷
轻的光阴，还在掂量重的心事

我早已经按捺不住了
春天，我有一种放飞自己的愿望……

古　　意

天地不仁，以万物为弃物
将其打磨成一颗颗圆石
藏匿于深山之中
掩蔽于杂草尘土之下

浩荡山风带来的一场豪雨
将圆石一一暴露于地表
每一颗都晶莹发亮熠熠生辉
仿佛埋葬多年重见天日的宝石

小巷深处的哲学

越秀路上,处处繁密的花草气息
热闹也好,隐私也好
无休止的争吵与缠绵亲吻也好
都藏在这曲折幽深的小巷深处

千年前,六祖早就在这里说过
不是风动,也不是幡动
是你的心动
所以,那些寺庙外的喧嚣与你何干也

北方开阔疏朗无所遮蔽
南方深藏一点禅在茂盛树木之中
真的已与世无争了吗?
画外音说:不是春光太诱人
是你的心,至今仍未安分

义乌出土

义乌很洋,国际商贸城的风范
义乌也很土,其经典形象
仍是一个手摇拨浪鼓的货郎

在义乌汽车站,扑面而来的集市气息
风风火火,杂货味夹杂汗味飘散空气中
笑声、哭声和骂声汇入同一喧闹的洪流
劳斯莱斯和肩挑箩筐的农民工都堵在街角
焦灼、欣喜和痛苦的表情交替闪现,直到
一个人已分不清泪水还是蒙蒙细雨渗入泥土里

在这里,我深刻感受到了什么是田野草根
在短暂的义乌之行后,我一直笔挺的
灯芯绒西裤,沾上了久违的泥巴
因为在大都市里,只有水泥地
而此地,还有土壤和野草散发的朴素清香……

三　角　梅

春光有多明媚，三角梅就有多艳丽
三角梅是春光的最佳代表
春光稍一触碰枝头
三角梅就应声而开，一一绽放……

对于被寒冷禁锢太久的人们
三角梅是最早报告春消息的探子
春光也需要响应者和急先锋
三角梅是最先领会春之精神的
仅仅一点点温暖，三角梅就立即行动
开遍千家万户，占领大街小巷
一夜之间颠覆严寒漫长的专制统治

三角梅也最擅长配合春光的变化手段
春光变幻着万千风姿与各种戏法
三角梅就演绎出千娇百媚和无数面相
从大红、桃红、樱红、紫红、洋红到粉红
朝霞、晚霞和月色都成了她的化妆用品
三角梅涂抹出最惊艳的魅丽效果

带领整个被冻僵的世界彻底活泛解放

三角梅是春光的具体形式和化身
春光有多灿烂,春光就有多妖娆
春光刚刚点染人间
三角梅就一路风情摇曳到天涯……

常 熟 记

常熟是一个浓缩版的江南小城
兴福禅寺的蕈油面,方塔街的包子铺
热气腾腾地渲染着日常生活的气息
老街的青石板时不时地被高跟鞋叩响
旗袍女子飘过,栀子花香随之洒满一路

尚湖是一片睡在飘拂垂柳之下的绿水
古琴径传云外,数只白鹭悠悠远去
当然,湖水的鲜绿,鱼儿的活泛
还有赖于运河上小船的殷勤穿梭
以及湖边草丛里野鸭子的喧哗折腾

虞山是一座草木朦胧的青山

它的高度，由长江下游堆积的巨石烘托
那枚别在树梢的云霞，是天空褒奖的徽章
最让人肃然起敬的，是在郊外
鸟鸣覆盖之下，沉睡着一些伟大的灵魂

荒漠上的奇迹

对于荒漠来说
草是奇迹，雨也是奇迹
神很容易就在小事物之中显灵

荒漠上的奇迹总是比别处多
比如鸣沙山下永不干涸的月牙泉
比如三危山上无水也摇曳生姿的变色花

荒漠上还有一些别的奇迹
比如葡萄特别甜，西瓜格外大
牛羊总是肥壮，歌声永远悠扬

荒漠上还有一些奇迹
是你，一个偶然路过的人创造的……

布 景

雾霾,把都市变成了背景
世界被推得很远
飘忽的人影很近,不时闪过
近处的树也隐约可见

那件挂在树梢上的旧衣裳
在风的吹动下,恢复了人形
有动作,虽然诡异
也张望,目标是墙角拐弯的小巷

这是哪位似曾相识的故人呢?
我一时茫然,又恍若隔世

海边小镇

这个寂寥的海边小镇

只有一朵云在上空徘徊

街头空空荡荡，居民踪影全无
只有一只狗在探头探脑
只有一群鸟儿貌似不速之客
自己在门前觅食
只有灰白斑驳的老钟楼
破旧得俨然自古就已如此
只有路边的凤凰花开得还算热烈
每天都是新鲜绽放

我在一家小旅馆听了一夜风雨
第二天起来，地面洁净，天空晴朗
风雨仿佛从未来过

冲决雾霾囚狱的潜艇

雾霾浓重的都市，铺天盖地的污浊
高楼阴森，飘忽的人影都像鬼魂
车灯憧憧，仿佛来自深渊的探照灯
整个都市大得像人间最大的一间毒气室
深得像暗无天日的深海海沟

我心底涌现的深重的幻灭感
才是更可怕的一种意识的雾霾
阴暗的念头如灰尘,渗入每一个毛孔
神经忍受着黑色炸弹无休止的轰炸

早知如此,我应该从南海开来一艘潜艇
封闭严实,百毒不侵
这样就能来去自由,冲决囚狱
这样就能勇往直前,撕开黑幕

和父亲的遗忘症做斗争

回忆,是父亲生命延续下去的通道
遗忘,则是愈来愈可怕的一个塌陷黑洞

所以,我要乘高铁不断地回家
一次又一次地提振父亲的记忆功能
和他加速的遗忘症做斗争

在父亲的记忆深处,排在第一位的是亲人
因此,他会一遍又一遍地询问儿子们的情况
现在哪里,工作如何,身体可好

然后是孙子、孙女和媳妇们

同样重要的,还有荣誉
每次,他都会搬出他的各种获奖证书
在我面前历数人生的辉煌时刻
告诉我每一份证书后面的故事

父亲每隔十来分钟,就会把同样的话题重复一遍
我每回答一次,就会更有信心
父亲的记忆之河还未干涸,还在绵延不绝……

那些无处不在的肯德基餐厅

阴雨绵绵之夜,已经很深了
我没想到肯德基餐厅里收留了那么多的潦倒者
孤独的没有人可以说说话的老人
全身脏兮兮的疲惫不堪的长途旅客
头一沾到桌面就趴下打起轻微的呼噜
还有神情漠然者,手里拿着一杯可乐
两眼茫然而空洞地看着天花板……
这些无处可去者都在这里找到了短暂的休憩之地
没人驱赶他们,服务员只是机械地来回拖着

愈来愈脏的拖把,打扫他们脚下废弃的遗物

像每一个贸然闯入的避雨者,我感动于
这样的城市日常景观,并回想起这样的一个说法
大都市里,两个才十四岁的小孩子能去的地方
就只有离家不能太近也不能太远的肯德基餐厅了
这是一个朋友的小女儿偷偷告诉我的,她还说
她就是这样度过她冗长的少女时代的……

风　　筝

这个可怜的孤独的老汉
退休后,长年以公园为家
坐在自带的小凳子上
混迹于一帮吵闹的孩子中间
手里牵着一只小风筝,放飞在蓝天上

你走过时
你看一眼天上的风筝
他就看你一下
你才注意到那是他的风筝

三 里 屯

三里屯的路上,挤满了各种求安慰的新人类
一个女孩仰着深醉的脸,扑在男友的怀里
两个白领男眼睛滴溜溜,比百度搜索得还快

优衣库的旁边,经常会有人拦住你
先生,你需不需要这个,需不需要那个
好像你的任何需要,他们都能随时满足

还是躲进一个人的小空间里安全可靠
刷一刷屏,就知道朋友们可好世界还好
如果没有微信,这个大都市将何其寂寞
新人类都将无所事事,被忽视被遗忘
如果美女们不晒她们千娇百媚的靓照
这个夜晚将更加单调、苍白和无聊……

河西走廊的雪

这里是古战场,张掖、武威、嘉峪关的狼烟
这里是伤心地,沙漠、戈壁、玉门关的折柳
我们在此徘徊流连,我们在此涕泪感慨
一次一次地设想千百年前,若自己置身此地
会是一名戍官、千夫长抑或司马
还是一位僧人、胡商或者店小二

数不清多少历史故事与事故在此交替演绎
前方无事,将军夜宴,歌吹日纵横
杀气雄边,沙场鏖战,朽骨几成堆
还有天马东来,丝绸西去
也曾胡姬旋舞,汉使张狂
佛典逐渐传入,驼队无故失踪
盗贼潜伏草丛,家族流离失散……

但一夜风寒,大雪就会覆盖山川大地
最终,是雪白占领了世界
最终,是空无和美赢得了胜利

酷　　暑

堆积着的枯叶散发出烧焦的气息
日复一日地聚拢、压缩、积蓄
最终成为一点即燃的巨大火药桶
轰然一响,碎片四散,烟尘滚滚

所谓怒火也是这样炼成的
一件一件的小事触发,仿佛引线
怨恨的毒素,剂量逐渐加大,日趋浓烈
猛然间像火焰一样爆发出来,向外喷射

酷暑中万物窒息,闷热压抑的大地
需要一场狂风暴雨来冲刷和宣泄
上天回应的却是一顿劈头盖脑的冰雹
这从天而降像石头一样的天外之物啊
谁也无处躲避,谁也无法幸免于难
一只蚂蚁刚出生就被砸破小脑袋

桃 花 潭

桃花潭是最立体的一个古董
以潭水搅拌古木、青苔和浅草融成
上面还描绘着山水、流云和雾霭
连潭影和摇曳的翠竹也是古色古香的
小心翼翼地捧起来轻轻摩挲时
手心很容易感受到那一条条细腻的微妙笔触

桃花潭是封存千年的一坛好酒
鳜鱼和山笋烧制的佳肴,香气腾腾
喝着这一坛李白未来得及喝完就已醉倒的美酒
我们在万家酒楼上,击掌而欢,一醉方休
咀嚼之后,诗兴消化成为一种剩余之美
在心底蕴蓄发酵,喷吐而出,化为惊天长啸

桃花潭还是自然天成的一个音箱
清晨百鸟啾啾,牛羊哞哞,人声渐起
黄昏,小溪从山间汇入青弋江的寂静
被对面渡江而来的小船的桨声划破……

余音未了,又一条鱼泼剌一声跃出水面
夤夜,终被纷纷坠落的桃花——消音

在坪山郊外遇萤火虫

萤火虫提着一只小小的灯笼
飘浮在虚无的夜空下
游荡于无边的黑暗的野外

那些飞行着的一点点微茫的火
似乎没有目的也没有方向
是夜晚草丛里最令人心悸的一景

你对我说
那些一闪一灭的萤火虫
就是灵魂在黑夜出游时
提着的一只小小的灯笼

初　　溪

在春天神秘之风的诱导下
小船沿着一条草木茂盛的水道探幽

江心洲上，植有黄槐、紫荆和白玉兰
两岸，则罗列着香椿树、榕树和凤凰木

然后，春水暗涨，白鹭飞过
在空中写下一行飘动着韵律的诗

摩　　擦

身体一生都在与时间摩擦

有时会擦出火花
偶有动心乃至动情的瞬间
虽然短暂如火花一闪

有时则会擦出火焰
呈现星空一样的绚丽
沉淀为此生的美好记忆

也可能会擦成火灾
浓烟滚滚伤及全身
严重者遍体鳞伤甚至屋毁人亡

但大部分的时候
身体是在与时间的摩擦中逐步老化
眼花了，背驼了
腿软了，人老了
身体在与时间的摩擦之中渐渐
磨损报废

那些曾经相爱过的人现在视同陌路

春风还是清爽
春天还是桃红柳绿
那些曾经相爱过的人
现在却仿佛陌生人

他们在同一座城市里居住
却再也见不到对方
他们去异地旅行或流浪
也不再惦记彼此
深夜醉酒后,他们打出的电话
是给新人的
即使在梦中,也不会再浮现
他们曾经以为永远不会忘记的
油菜花开的季节里的那一次江南之行

他们真的已忘记了往日
只有那棵见过他们争吵哭泣
后来又搂抱亲吻的梧桐树记得
只有那只听到过他们说
要死也要死在一起的鸟儿记得
他们以为会刻骨铭心的那一夜
只有 1987 年 5 月 16 日
俯瞰过人间的那一颗星星记得

河 内 见 闻

在河内,每一个夜晚

在每一条大街小巷
路边都摆满了各式各样的夜宵摊
人们三五几个,围坐一桌
在明亮的灯光下,边吃边聊,大口喝酒
并不时伴以手势和控制不住的笑声

这些黝黑瘦小的越南人
他们吃夜宵时的神情,投入而享受
在那一瞬间,他们浑然忘却了世间种种烦恼
仿佛他们白天所有的勤劳努力
就是为了能在晚上
安心地尽情地享有这一顿夜宵

在梅家坞

浮云,仍眷恋着娇嫩的细芽
在清明前的迷蒙薄雾中,我来到梅家坞
用目光采摘绿意,以慢步试探湿润
一滴露水,恰好自山岩藤蔓间滴下
落进脖颈里,冰冷的一击
直透心凉

春天里的五百户,身影现于山谷
亭子置于山顶,一杯新泡的龙井
嫩叶与白开水交缠,随后叶片缓缓下沉
清香冉冉上升,随雾气四溢
我抿了一口,一小股暖流
直抵心头

致 增 城

我来到增城,这里山好水好宜居宜业
我不知道自己能为这座城市增加一点什么

我去增城中学种了一棵树
为这座校园增添了一份绿荫

我在市区沙龙讲了一堂诗歌课
为这座城市增添了一点诗意

当然,我最想说的是
增城,不一定需要再增加多少 GDP
但一定要再增多一些爱和美的福利

荔 枝 记

我慕名而来时,增城的荔枝还未上市
于是只好把枇杷、柑橘、菠萝
尝了一个遍,也算是一种弥补
并已准备好了心情,带一点遗憾离开

谁知,离开的前夜
一挂熟透了的荔枝悬于梦中
我还未醒来,就剥开咬了一口
一嘴的清甜让我猛地惊醒

自 然 之 笔

由一根根枯枝描画出的清晰而稀疏的晨曦
由一朵朵云彩勾勒的天空的大片蔚蓝
还有,鸟巢里正张开羽翼飞出来的
冰面下按捺不住的涌动的细流……

都逃不过这自然的手笔

描绘不出来的
只有凌晨走出家门时
那一阵风寒扑面而来的清冽之气

江边小店

山城有些冷,在寒风中
连穿城而过的江水
也流得滞缓了许多

这是冬天,街头萧条
早晨营业的小餐厅只有一家
我走进去时,满地麻雀惊散
争先恐后往外逃命

原来,它们也是前来觅食
在桌上、地上、灶台边低头寻觅
主人也懒得驱赶,在一旁包小笼包
一只大花猫躲在角落里取暖

来一碗热面条！我坐定，安静了片刻
麻雀们瞅瞅没什么危险
又全都飞回来了
冷清的小店里平添了几分热闹

眺　　望

眺望，可以是码头
白帆消失的长江尽头
久久伫立的船头身影
长风浩荡一路送行

眺望，可以是车站
列车通往的远方
窗口挥舞的一方纱巾
以及一双深不见底的泪眼

眺望，可以是山顶
一行大雁指引的方向
一缕炊烟升起的地方
一段家书描述的故乡

眺望,当然也可以是眺望本身
流水能流多远,眺望就可以有多远
思念能保持多久,眺望就会有多久

如历史般地眺望,在宜宾
这是眺望的源头,这里的眺望
像长江一样长,长江一样远
长江一样悠久……

著名的寂寞

抑郁,必得有酒来排遣
严寒,需要用雨水来释放
所以,这个初春,我不是在饮酒
就是在窗前听春水暴涨

寒窗下,最好还有红袖相偎
没有人能真正耐得住寂寞
寂寞要广为人知,才能成为
众所皆知的著名的寂寞

敬亭山记

我们所有的努力都抵不上
一阵春风,它催发花香
催促鸟啼,它使万物开怀
让爱情发光

我们所有的努力都抵不上
一只飞鸟,晴空一飞冲天
黄昏必返树巢
我们这些回不去的浪子,魂归何处

我们所有的努力都抵不上
敬亭山上的一个亭子
它是中心,万千风景汇聚到一点
人们像云一样从四面八方赶来朝拜

我们所有的努力都抵不上
李白斗酒写成的诗篇
它使我们在此相聚畅饮长啸
忘却了古今之异,消泯于山水之间

泉城看泉

这是一幅静物画
湖边的垂柳
洁净的女贞树和紫玉兰
总是躲避喧闹安于一隅的晚樱

还可以往上面增添一些内容
翩翩起舞的蝴蝶
荷叶深处游动的鸳鸯
低低掠过水面的蜻蜓小分队

但使整个画面活起来的
是日夜喷涌的一泓清泉——
它的汩汩不息
保证了这小世界的完美自足

大明湖的野鸭

在杨柳树下,我有一片湖泊的心
在绿荫丛中,我有一朵荷花的心

我每日静坐,想把自己坐到枯寂
我也看惯了红尘世事,看得多了
也渐渐看出一些门路
鸭子本来是飞不起来的
但野鸭子一下就飞到了对岸的树上

鸭子要野才能飞起来
鸭子一野就能飞起来

第三辑

(2011—2014)

致——

世事如有意
江山如有情
谁也不如我这样一往情深

一切终将远去,包括美,包括爱
最后都会消失无踪,但我的手
仍在不停地挥动……

南 渡 江

每天,我都会驱车去看一眼南渡江
有时,仅仅是为了知道晨曦中的南渡江
与夕阳西下的南渡江有无变化
或者,烟雨朦胧中的南渡江
与月光下的南渡江有什么不同

看了又怎么样?
看了,心情就会好一点点

西 湖 边

为什么走了很久都没有风
一走到湖边就有了风?
杨柳依依,红男绿女
都坐在树下的长椅上
白堤在湖心波影里荡漾

我和她的争吵
也一下子被风吹散了

青海的一朵云

青海的草原上,无数野花摇曳
芳香四溢,在天风中愈加清爽
羊在低头吃草,山在守护

而一朵云独自在天空休息

云在休息,我突然有一种冲动
我想在一朵白云下打坐
在草原上席地而坐,静默
在此隐居、念禅、修行

确实,青山绿水才适宜修行
如果空气龌龊,水质污染
你还修什么行?如何安心修行?

高人雅士总是远离红尘隐身山水
大德大道多半源自田野草间
我也愿意自己永远栖居于一朵白云之下

傍　　晚

傍晚,吃饭了
我出去喊仍在林子里散步的老父亲

夜色正一点一点地渗透
黑暗如墨汁在宣纸上蔓延

我每喊一声,夜色就被推开一点点
喊声一停,夜色又围拢过来

我喊父亲的声音
在林子里久久回响
又在风中如波纹般荡漾开来

父亲的答应声
使夜色似乎明亮了一下

春天里的闲意思

云给山戴了一顶白帽子
小径与藤蔓相互缠绕,牵挂些花花草草
溪水自山崖溅落,又急吼吼地奔流入海
春风啊,尽做一些无赖的事情
吹得野花香四处飘溢,又让牛羊
和自驾的男男女女们在山间迷失……

这些都只是一些闲意思
青山兀自不动,只管打坐入定

偈　　语

一团黑云笼罩下的山间小城
大片白云映照着的海边寺庙

我一路独自开车
从交加大雨抵达明媚晴空

迎面而来的鸟啼对我如念偈语

少　年　时

巨大的蟒蛇在月光下游动
在沙滩上剧烈地摔打
宣泄积蓄已久的焦灼与蛮力……
我们偷偷在树丛后面窥探
屏住呼吸,压抑着紧张、激动和惊讶

呵,远处一起浮动闪烁的
还有海浪,波光粼粼
吞吐着的潮汐一阵一阵地席卷过来

鸟　群

鸟群像一小团乌云
在天空中飘荡而来飘忽而去
一会儿扑向树丛,一会儿
又盘旋屋顶,然后轻轻罩下来

聒噪声也一会儿大一会儿小
追随着它们,时而喧哗
时而低婉,在空中
书写着高低起伏的五线谱

它们集体蹲立于电线杆上
像一支等待检阅的队伍
一个比一个寂静、肃穆

春　寒

又一个幽静的所在
是灿烂野花的秘密行宫
是繁茂草木的深邃渊薮

这藏幽纳静的所在啊
暗地里依恃着清水的涵养
绿杨掩映下的深潭
青石板路上滑腻的苔藓
还有啊，雨后寂寞地等候着的
只容得下一个人过去的小木桥

只是，在此处，林深暗淡了桃红
清贫，抑制了酒色

江南小城

仿佛慢得回到了前一个世纪……

风慢得适合在柳条间缠绵
船慢得适合在狭长的运河上飘荡
人慢得适合在此散步流连抒情——
和每一个人都要点头问好
你慢得适合幽居在一个寂寞的巷子里——
小院深深绿荫浓

而这一切啊,慢得适合回旋回忆回味
当一朵花从桥上扔到我头上
我久久没有回过神来……

春之共和国

江南是春之共和国

也是世界上福利最多的共和国

在这里,青山绿水是一种福利
鸟鸣莺啼也是一种福利
清风明月是一种福利
美味佳肴更是一种福利

此刻,桃花灿烂,赏桃花是一种福利
此时,美女如云,看美女也是一种福利

自　　道

在荒芜的大地上
我只能以山水为诗
在遥远的岛屿上
我会唱浪涛之歌

白云无根,流水无尽,情怀无边
我会像一只海鸥一样踏波逐浪,一飞而过……
海上啊,到处是我的身影和形象

最终,我只想拥有一份海天辽阔之心

偶过古村落

村头,鲜艳的凤凰花在枝头招摇

回首处,一扇小门春风外
满院绿荫红杏生

来时是蝴蝶引路,如入迷宫
去时则黑狗相送,走出花丛

村庄仍然掩映在老榕树的庇护下
窗口的青山,也越来越远

古井里的那一潭幽绿
是此地最迷人的古董

冷兵器时代

那时,我们不尚刀剑,只会肉搏
崇拜的是体魄、凶狠与残酷
肉体是我们唯一的冷兵器
厮杀现场,没有喧哗,没有异性
无声的格斗如默片,谁先叫喊谁先输

那个年代,我们都是生猛的青春动物
处于闷头闷脑自我压抑的幽暗期
有的是斗志与咬紧牙关的硬骨头
用一种阴郁撞击另一种阴郁
用肉体的阴郁撞击精神的阴郁
嗜求血花四溅血肉横飞的残忍快感

总是有一大团无形的森森寒意尾随着我们
我们如狼群扑入城市的丛林
在街头,在墙角,在偏僻的小酒馆和桥底
我们逞强斗气,摩拳擦掌,恶言相向
我们大摇大摆,耀武扬威,横行而过
我们很远地就带有杀气

看人的眼神也显得阴鸷
我们即使酷守沉默一声不吭
也让女孩们唯恐避之不及

轻　　雷

她说在窗前听轻雷掠过云层
渴望着长久酷暑之后的一场雷阵雨
我说你是内心求变，心思早已蠢蠢欲动

几十分钟过去，我问雷阵雨来没
她说没来，正在院子里散步
我说雷阵雨不来，我就来了
她说是呢，你比雷阵雨还要猛烈呢

站在大海边

站在大海边，我就想
何不一叶扁舟，于乱世之中

远离困扰纷争,独自漂流江海
隐于小岛荒洲,藏身草野芦丛
偶有喜悦似小浪花,时常闪耀
任小舟颠簸流荡,不管东西
漂向何处是何处
漂到何时是何时

大海是超强溶化剂
可以将一切忧愁烦恼消融
大海是巨型消音器
可以将所有喧嚣争吵吞没

两　代　人

我站在街边发呆,想起十六岁时
武斗的子弹打得城里墙角的石头溅出火星
追得我逃到乡下,藏身坞里
每晚的娱乐是在田头听蛙声、看月亮

她从霓虹灯下走出来
一身超短迷你裙,熟练地拎着小坤包
白天纯情的学生妹,夜晚散发着浓郁的酒吧气息

香水味混合着复杂的香烟味

好 事 近

昨晚刚说好事近
今天一只小鸟就飞进了屋子里

它探头探脑,一点也没有陌生感
一会儿停在窗台,一会儿又跳上茶几
在椅子前走了几步
又落到了沙发的扶手
我看着它,它也看着我

后来它才感到了恐慌
一通急飞,撞到了巨大透明的玻璃墙上
似乎晕了头,又往回飞
撞上了另一面墙的玻璃
每一次,我都一阵心疼
这屋子透明得害了它
让我为它提心吊胆,七上八下

当它终于寻到窗口一跃而出扑向天空

我才终于松了一口气

其实,天空何尝不是一块更大的透明玻璃
我们也被笼罩局限其中

境界里有芬芳

我驻足于北方的庭院
目光辐射至边疆

这一夜我的胸襟也辽阔得无边无垠
我心中只容纳一个你
然后把更广大的空间留给了世界

如同空旷的大地上生长出江山
涵养亦如平原,推崇高峻
仿佛深空,点缀明月
在高楼上看烟花,幻美乍现

墙角的那一枝玉兰花从夜色里闪出
芬芳逸向清远

芬芳中出境界
境界里有芬芳

故 乡 感

我和各地的人们都有过交流
他们都有着固执但各异的故乡感

胡同那头射来的一道晨光
映照热气腾腾的早点铺
磨剪子戗菜刀的吆喝声……
这一切是秋风唤起的故乡感

也有人重点强调阳春三月杏花江南
悠长小巷里打着印花雨伞
结着丁香一样的哀愁的红颜女子

但是,最打动我的是一个游子的梦呓:
院子里的草丛略有些荒芜
才有故园感,而阔叶
绿了又黄,长了又落……

潜　　伏

当蟒蛇出洞，乌龟爬行，螃蟹横行
我们才知道，幽深处
大地之下隐藏有这么多的动物

当脾气大发，情绪激烈，面红耳赤
我们才了解，晦暗中
身体也会孕育出精神的风暴雷霆

除夕夜的短信
——来自一位朋友的叙述

除夕夜，给几位女友发段子：
一酒鬼深夜回家，在楼下大喊大叫
邻居们，把窗户打开！
看到很多人探头出来
他又喊：看看我是谁家的？

只有一位女友回了短信:
哈,你是我家的!于是
她把我领回了家,直到现在

写于斯德哥尔摩

候机大厅玻璃窗外的落日
三两个在光亮地面上走动的红袍僧人
以及散发着浓郁香水味的金发女郎
一闪即逝的飘忽的长睫毛媚丽眼影……
这些曾让我迷恋的所谓异域情调
如今却带给我前所未有的惶然感

旅行,飞来飞去漫无目的的旅行
每天都在一些陌生的地方
待在一些陌生人的中间
说着一些连自己也觉得陌生的客套话
为何不待在家里和亲友在一起呢?

妈妈打手机

接到妈妈手机时,我正在开车
有些火急火燎,有些手忙脚乱
快七十的妈妈第一次用手机
说给远在天涯海角的儿子打一个试试
我急忙问:妈妈,没什么事吧
妈妈说:没事,就试试手机
我说好的,就这样啊。小车正在拐弯
我刚想放下手机,妈妈又说:
没事,没事,你要注意身体,不要太胖
我支吾说好的好的,没事了吧?
小车汇入滚滚车流,我有些应接不暇
妈妈又说:没什么事,我们都挺好的
你爸爸也很好,你不用老回来
其实我回去得并不多,但车流在加速
我赶紧说:知道了,你也注意身体
妈妈说:我身体还不错,你爸爸也很稳定
你要照顾好自己,不用为我们操心
我语气加快:好,好,我会的
妈妈又迟迟疑疑说:没什么事了

再忙也要注意身体啊……
前面警察出现,我立马掐掉手机
鼻子一酸,两行眼泪不争气地流了下来

邻　　海

海是客厅,一大片的碧蓝绚丽风景
就在窗外,抬头就能随时看到

海更像邻居,每天打过招呼后
我才低下头,读书,做家务,处理公事
抑或,静静地站着凝望一会儿

有一段我们更加亲密,每天
总感觉很长时间没看海,就像忘了亲吻
所以,无论回家有多晚,都会惦记着
推开窗户看看海,就像每天再忙
也要吻过后才互道晚安入睡

多少年过去了,海还在那里
而你却已经不见。我还是会经常敞开门窗
指着海对宾客说:你们曾用山水之美招待过我

　　我呢，就用这湛蓝之美招待你们吧

寂　　静

　　这小地方的寂静是骨子里的
　　河中流淌的春水，巷子里的青石板
　　篱笆间的藤与草，墙头跳跃的一只小鸟……
　　一切，都深深地隐含着寂静

　　寂静的，还有院子里那个空空的青花瓷瓶
　　等待着一枝梅或者一朵桃花的插入……

　　寂静的，还有孩子敲打门窗的声音——
　　寂静，是被敲打出来的

高处的灯光

　　诗人住在高高的坡上
　　孤零零的一栋楼，窗口的灯

一直要亮到凌晨两点……

他也许是这个小城里唯一的诗人
很多人都看得到那盏灯
久而久之成了很多人的习惯
不时要看看他窗口的灯光。一日不亮
他们就会担心他病倒,他们就会去敲门

这已经成为这座小城的一个公开的秘密
大家都在内心惦记着诗人窗口的灯光
偶有外地人好奇地问起,他们就宣称这是本地的大事

爱情的救火员

那夜,他当了一个爱情的救火员
喝着闷酒,还没来得及咀嚼自己的伤心事
就打起精神劝说一对怄气的恋人和好
他明知伤心时喝酒会伤身体
但为营造气氛,还是喝,甚至是灌
既为别人,也为自己

一夜,他唉声叹气了六七次

出谋划策帮着哥们拯救他们的爱情
他自己的爱情却正在逃逸
"爱的人往往得不到,得到的人
又往往不珍惜,还是珍惜已经得到的吧"
他不知是想说服别人,还是想说服自己

都市里的狂奔

在都市里,狂奔会成为一个事件
会成为人们疑问和焦虑的中心

当别的人都循规蹈矩按部就班地
行走、回家或上办公室、走进商场
一个人的狂奔仿佛火车冲出轨道
人们躲闪不及;又仿佛猛然射出的子弹
谁也猜不出会射向哪里,击中什么

一个人的突然狂奔会使旁人本能地驻足
回首或观望,并莫名地感到不安和危险
狂奔,总像是逃命或逃难
抑或是发疯和没来由的冲动
我现在还记得在纽约曼哈顿街头

好不容易眼尖脚快冲过去拦住一辆出租车
年老的黑人司机却不慌不忙回头慢悠悠地说
别急，当心警察怀疑你是逃犯！

我一怔，莫非他一眼看出我像一个都市的逃犯？

中 年 之 悟

人到中年才醒悟：人生乃一场盛宴
酒已斟，菜已上，但大家其实没有什么吃的兴趣
要的只是一个过程和仪式
莺歌燕舞当前，我只需将面前的一杯茶慢慢饮尽
待手头的一支香烟静静烧完

倒是要防范那些意外的伤害
不小心就手指被割破，舌头被咬
抑或血压升高，心跳过速
最可怕的还有隐私泄露，小人陷害
生活宛如一团乱麻且将自己缠入其中牢牢缚住
谨小慎微，才是生活的真相与本质

我也不再是烟花般爆发瞬间灿烂

但我有了精雕细琢的工匠的沉着
和足够的耐心,我的耐心如流水
持续且绵延不绝……

寺　　院

金黄的油菜花包围的寺院
也在洁白的玉兰花的笼罩之下
墙角的一枝枝桃花艳夺魂魄
即使在明丽的晴日里
也抵挡不了精神的虚空

山间溪水与岩石夜夜相扣,溅起清响
清晨起来,轻雾一缕一缕漫入寺院
虚无亦一丝一丝侵袭心灵
窗外,是虚空之上叠加虚无
窗内,是虚无之中涌现虚空

四 行 诗

西方的教堂能拯救中国人的灵魂吗？
我宁愿把心安放在山水之间

不过，我的心可以安放在青山绿水之间
我的身体，还得安置在一间有女人的房子里

医 院

医院像硝烟散尽后的战场
只剩下残兵败将和垂死挣扎者
医院又像零件散乱的身体组装车间
胳膊、大腿、头颅甚至眼球，分拆一地

在这样的地方，呻吟似微雨，悲泣如乌云
亲人的心也一点一点变硬，甚至转身逃走
在寒冷阴森的月夜

只有秋风会表示怜悯

这正是一个时代的写照：
一所巨型的医院里
那些被时代列车碾过的残肢断体
独自在角落里小声祈祷上帝的抚慰

城　　变

十多年前，我搬来此地
窗外，大片的荒草萋萋倍感荒凉
大摇大摆四处横行的老鼠让我发愁

好在荒草的尽头有一条公路
每夜，我站在阳台上
看夜色中无限延伸的公路
和温暖路灯下滑行的长途货车

后来我在此结婚、过日子、吵架
离家出走又回来，中途大病一场
两次升迁，偶尔碰见出没此地的捡垃圾者
和一两条散漫的蛇

最让人惊奇的一次,是我和一只野兔乍见之下
互相瞪着眼,最后,它落荒而逃

如今,我坐在窗口看书
轻轨轰鸣而过,我只要抬头
它就在不远处的高架桥上奔驰
仿佛从我的头顶上方直接飞过

眺　　望

月夜,柳荫测量潭水的深度
洞箫考验着少妇的耐心
在竹影摇曳的阳台下,溪声
消解了对岸杂沓的脚步声……

直至无声无息,直至
眺望也渐行渐远,沿着一条小桥
跟随一条又一条小路……

黔　　地

荒凉是此地最多的资源
野山野水野果野草，还有野鸡野狗
野兔野牛……我曾在此孤独地徘徊
唯野女人一个也没见到

不过当地有过这样的传说
一对孤儿寡母曾流落此地
无依无靠，却能安然住下
因为此地民风淳朴，人情深厚

一镇的男人将此女照顾
一镇的男人将此小男孩抚养长大

布谷鸟与布依族有什么关系

布谷鸟与布依族有什么关系

大凉山的春天
是布谷鸟啼醒的,每一个角落里
都有布谷鸟在啼叫……

布谷鸟是一种催促春天到来的鸟
大凉山的春天,必定是湿漉漉的——
薄雾,发源于湖面,在村庄上空缭绕
随着小鹿,深入草丛与林间
最终,在田野的日光里轻漫而散

布谷鸟是一种催促农耕的鸟
布依族人荷锄扛犁赶着水牛走出家门
循着小溪的路径——从山间流淌而下
小心翼翼地探路,拨开杂草,流向稻田
最后,沿薄雾消失的方向往更远方摸索

布依族与布谷鸟有什么关系
一位布依族诗人回答:没有关系
但春天的大凉山里到处都有布谷鸟
布依族人的梦里都是布谷鸟的啼叫声

贺 兰 山

贺兰山下,连一朵野花都是文物
触目皆情致,皆古意绚烂

比如落日苍茫
以及镶嵌其中的远处的一缕炊烟
比如在石壁上跳跃的岩羊
低头到溪边饮水
比如众多诡秘莫测的符号图案周边
逡巡的只有鹰之长唳与狼之低吼
还比如萋萋荒草中的残垣断壁
还比如深夜幽暗的野地上燃起的一堆篝火
…………

光阴流逝,此刻却能瞬间凝固为永久
皆因一切置于天苍苍野茫茫之背景中
整个贺兰山都散发着古色古香

飞机的轰鸣声

飞机的轰鸣声伴随我们的一生
在纽约肯尼迪机场,一位英国男子对我感慨
出发或归来,机场是必经之地
在飞机的轰鸣声中,我们或兴奋或消沉
穿过重重迷雾或飞越万里晴空

青春时展开的人生,就像刚刚张开翅膀的飞机
迫不及待地呼啸着直冲云霄,急切地翱翔蓝天
甚至,可以听到他们初次的激动的怦怦心跳
母亲的叮咛无心顾及,父亲牵挂的目光视而不见
年轻的心早已飘浮在白云之上

到了一定的年龄,就不再关注外面的风景
再异样的诱惑也不能让人轻易动心
外出奔波总充满焦虑和急躁,总感疲惫
只想着平平安安地返回,即使风尘仆仆劳累不堪
在飞机落地的轰鸣声中就可以酣然入睡

我曾经也向往着每一次起飞

不管去往哪里飞向何方,感觉轰鸣声就像欢呼声
如今,不管在外面如何风光显赫
内心也觉疲倦,只盼着早日回家
飞机降落时的轰鸣声更像催眠曲
只有这样的声音才会让我安心,波澜才会平息

垂竿钓海

我坐在高高的悬崖上
垂竿钓鱼
我感到,我只要一提起竿
就能将整个大海都钓起来

一根线就将整个大海牵起来

还有什么比这更大的力量
可以牵动你整个的心和整个的世界?

冬之溪塘

寒风吹着悬挂树枝的冰凌
一连串的铃铛的脆响

窸窸窣窣夹杂着
掉落地上石头上的冰块碎裂声

溪塘边杂草还缠着碎雪
清晨起来就敲冰的男子,已捞了一小桶鱼

我走出房间,站在露天里透气
冰冷,如一支箭
嗖的一声击溃了冬天里的混沌感

废 园

表面随意生长的花花草草

其实都是精心挑选出来的

看似杂乱荒芜的园子
昨天刚刚细致清理过

连那些似乎漫不经心的行人
也是专程赶来的游客

只有小兽例外,一闪而过的影子
它的惊慌是突然的

何为艺术,而且风度

  静穆,晨光似弦
  猫儿在墙上,迎着清风
  悠闲地弹起阳光的五线谱
  然后,一曲完毕,挥一挥手
  踩着猫步走了

  良久
  世界才爆发出雷鸣般的掌声

大　雾

连续一周的大雨终于消停
树木们一身湿漉，也歇了口气
舒展开新嫩的叶子
昨夜的一场争吵却还在继续
绵长的积郁挥之不去
一如这弥漫的大雾仍在缭绕

她清晨就出了门，也没有说要去哪里
我们的小木屋就在半山中
屋后是丛林修竹，屋前有一条小溪
她也许是去了那片竹林里溜达
也许是在溪水边的石头上静坐

我心神不宁，倾听着她迟疑的徘徊的足音
我倾听了一上午，终于按捺不住
那足音似乎一直隐隐约约没有过间断
那大雾也久久盘桓，不肯消散

有过一只小鸟探头探脑来暗示过什么

足音、鸟鸣和她的面容交替闪现又隐没
我伸出头去,仍不见人影
我仿佛看到她正在随手采摘野果
草地上结着一个又一个小小的水网

雾消隐了泥泞地上所有清晰的脚印
我感到她还在山中,又好像已经不在

大雾隐瞒了她已经远去的真相
大雾掩饰了她早已消失的身影

山中一夜

恍惚间小兽来敲过我的门
也可能只是在窗口窥探

我眼睛盯着电视,耳里却只闻秋深草虫鸣
当然,更重要的是开着窗
贪婪地呼吸着山间的空气

在山中,万物都会散发自己的气息
万草万木,万泉万水

它们的气息会进入我的肺中
替我清新在都市里蓄积的污浊之气

夜间,缱绻中风声大雨声更大
凌晨醒来时,在枕上倾听的林间溪声
似乎比昨晚更加响亮

黄昏,一个胖子在海边

人过中年,上帝对他的惩罚
是让他变胖,成为一个大胖子
神情郁郁寡欢
走路气喘吁吁

胖子有一天突然渴望看海
于是,一路颠簸到了天涯海角
这个胖子,站在沙滩上
看到大风中沧海落日这么美丽的景色
心都碎了,碎成一瓣一瓣
浮在波浪上一起一伏

从背后看,他巨大的身躯
就像一颗孤独的星球一样颤抖不已

山　　间

汽车远去
喧嚣声随之消逝
只留下这宁静偏远的一角
没有哒哒马达声的山野
偶尔会有鸟鸣、泉响以及一两声电话铃

只留下我，一个人在林间徘徊
夜雾散去，露珠一串串滴落草丛
晨曦初露，穿越朦胧的松林
光线折断于树梢……叮叮当当

青山，越来越静穆
也显得越来越高远
枫叶红了
天空，仍然固执地蓝着

我看见了第一个在林荫小道上跑步的人

海 之 传 说

伊端坐于中央,星星垂于四野
草虾花蟹和鳗鲡献舞于宫殿
鲸是先行小分队,海鸥踏浪而来
大幕拉开,满天都是星光璀璨

我正坐在海角的礁石上小憩
风帘荡漾,风铃碰响
月光下的海面如琉璃般光滑
我内心的波浪还没有涌动……

然后,她浪花一样粲然而笑
海浪哗然,争相传递
抵达我耳边时已只有一小声呢喃

但就那么一小声,让我从此失魂落魄
成了海天之间的那个为情流浪者

回　湘　记

那个叫萝玛的咖啡馆我没见过它
它也没见过我，所以门半闭半开，两侧的迎宾小姐
听我说普通话，一时没反应过来怎样招呼我

那个叫陈家米粉的小餐厅似曾相识
它也似乎记得我，所以那半碗肉丝米粉
为表示热烈，辣得让我差点流下了眼泪

那个叫黛丽丝的美发店我不熟悉它
它看着我也很陌生，所以它冷着脸
对我这样只剪个短发的不速之客有意怠慢

那个叫碧洲公园的地方我以前常去
它也很了解我，所以老榕树里的和风扑过来
宛如老友相拥，对面的东台山恍惚冲我眨了一下眼睛

那我曾经常对着朗诵的涟水河
对我当然印象深刻，我曾献给它无数的诗歌
猛一见到消失多年的我，流速一下加快

河边草木也有些小小的激动

那突如其来的故乡的小雨显然也知道我
我也觉得它很亲切,它打湿了我的头
柔和得仿佛只是亲人抚摸了我一下

对面母校大门里轻盈走出一位白衣少女
她好像认识我,我也看着她很面熟
她仿佛二十多年前隔壁班的女生,先是冲着我一笑
然后害羞地低下了头

欧洲的冬天

末日论盛行的年代,寒流也加剧
苦闷中人们纷纷涌进咖啡馆里
想听听诗人们在说些什么
于是有诗人站出来,慷慨激昂
俨然上帝一样严正发言
他每说一句,台下便狂热欢呼
壁炉里的火,似乎比平常烧得更旺

作为一个个人主义者,我不喜欢

这样的氛围,只得踱步出咖啡馆
街头落叶纷飞,花草躲在角落瑟瑟发抖
我独自在石子铺就的街道上徘徊
天空阴郁,所有的店铺都已关门紧闭
大街上冷清不见一人,只剩
少许几缕灯光投射在古老的地面上

天气太寒冷,还是咖啡馆里暖和一些
于是,我又犹豫着折回了咖啡馆

新早春二月

一个江南小镇上的小学女教师
喜欢诗,擅长玩微博和短信
私底下自怜自爱又自怨自艾着
她也有一个爱恋对象,异地的网友
她的灵性她的寂寞她的骄傲
就只有他还在意着、惦记着

她的嗔怨喜怒,也有了粉丝
这增加着她的自傲,也增加着她的自卑
冥冥之中她总盼望着

有一天他会带着她远走高飞
但她身边的现实还是小桥流水
流逝着她的忧伤也流逝着她的青春

那个男青年是一个大都市白领
爱上网,他们在虚拟世界里一见钟情
他就喜欢这样的小家碧玉,让他轻松
但也是幻想大于行动,总在迟疑
他经常和友人们诉说,却从不迈出半步
就这样两个人每天守着电脑和手机相思

心在一处人隔千里之外的现代牛郎织女
让我感叹不已,我忍不住劝那位男青年
你就是她的全部,她的人生
就只等着你帮她去完成
你应该和她私奔,去世界任何一个地方
如果这样,就是一个新的早春二月

平原的秋天

秋天,华北的平原大地上
已收割完所有的庄稼

整个田野一望无际地平坦
只余下一栋房子
掩盖在几棵金黄的大树下

白天,屋顶铺满黄金般的叶片
黄土色的房子在阳光下闪闪发光
可以听到鸡叫声、牛哞声和狗吠
还有磕磕碰碰的铁锹声或锯木声

夜晚,整个平原都是静谧的
唯一的访客是月亮
这古老的邻居也不忍心打搅主人
偶尔传出三四声猫叫

夜,再深一点
房子会发出响亮而畅快的鼾声
整个平原亦随之轻微颤动着起伏

一块石头

一块石头从山岩上滚下
引起了一连串的混乱

小草哎哟喊疼，蚱蜢跳开
蜗牛躲避不及，缩起了头
蝴蝶忙不迭地闪，再闪
小溪被连带着溅起了浪花

石头落入一堆石头之中
这才安顿下来
石头嵌入其他石头当中
最终被泥土和杂草掩埋

很多年以后，我回忆起童年时代看到的这一幕
才发现这块石头其实是落入了我的心底

夜宿寺庙

梅花鹿蓦然闯进时，有如一位锦衣卫
立刻就放轻了步子，犹疑地走一步看一下
而我深夜的心庭是空空落落的一座寺庙
早已预感到它的到来，这不速之客警觉地停立
竖起耳朵，监听每一滴露珠的掉落

花香弥漫，我已神情恍惚，面红耳赤

篝火还在园子里燃烧，火苗里的影子
忽飘忽闪更像是鬼。我按兵不动，平静起伏
只是略带酒意，和黑夜一起发出轻微的鼾声

大雪感怀

雪花纷飘下来时，人间烟火倏忽远去
漫天飞舞的大雪使天地一片纯净
雪不仅消灭了颜色，只剩下白
也消除了声音，只剩下静

雪还消失了时间，只剩下虚无
窗外的世界似乎进入了寂灭状态
茫茫之中，一切无声无息地白白流逝
也曾感叹人生苦短，但真有大把时间在手
又坐视不管，浑浑噩噩任其随意地挥霍
就像那些白雪任意飘洒，到山上
到街头、到屋顶、到阴沟、到垃圾场……

新 隐 士

孤芳自赏的人不沾烟酒，爱惜羽毛
他会远离微博和喧嚣的场合
低头饮茶，独自幽处
在月光下弹琴抑或在风中吟诗

这样的人自己就是一个独立体
他不愿控制他人，也不愿被操纵
就如在生活中，他不喜评判别人
但会自我呈现，如一枝青莲冉冉盛开

他对世界有一整套完整的理论
比如他会说：这个世界伤口还少吗？
还需要我们再往上面撒一把盐吗？
地球已千疮百孔，还需要我们踩个稀巴烂吗？

还比如，他会自我形容
不过是一个深情之人，他说：
我最幸福的时刻就是动情
包括美人、山水和萤火虫的微弱光亮

例行问话

一年总有那么几次,我迫不及待地
买一张机票,再坐一小时汽车
回到住过十多年的老房子里
探望越来越衰老的父亲母亲

总有一些例行的程序,每天
我坐在客厅的长沙发中间
父亲在左边,母亲靠在右边
眼前是一杯热气腾腾的家乡绿茶

从坐下开始,父亲母亲就交替问话
父亲问得多的是工作,母亲则关心着健康
这都是每次回家探亲的例行问话
反反复复,百问不厌
有时是一两个小时,有时是三四个小时
我总是老老实实坐在那儿一一回答
直到他们站起来去张罗饭菜

自从离开家乡之日起,这样的

例行问话过一段时间就重复一回
而我也从不厌倦,总是定期回家
安静地坐在沙发上,等待着父亲母亲的询问
久而久之在心底成为一种期待

戈 壁 滩

戈壁滩寂寞得太久了
听到马达声就竖起了耳朵

直升机空投下一群上海来的女演员
荒野之空旷,震惊了
这一群养尊处优花枝招展的女子
她们迅速地沉默了下来
螺旋桨也停止了转动……

但只是一瞬间,草丛里的小昆虫
按捺不住兴奋跳跃了出来,热闹溅开
她们又开始叽叽喳喳
这些小昆虫是什么时候发配到这里的哦

怪僻的孩子

园丁的儿子,才七八岁
但一看就是一个怪僻的孩子

每天,园丁在清扫花园时
他手拿树枝一个人把单车骑得飞快
院子里的花花草草和虫儿鸟儿
都被他无限的精力和无穷的花样弄得发疯
你会觉得,这个院子其实是属于他的

上午和下午,经常都只有他一个人
主人的孩子,都上学去了
他可以尽情玩耍和随便折腾
这个时候,偌大的院子就是他一个人的
但也是空空荡荡的寂寞的

当主人的孩子放学回家或是周末
扔掉书包跳进游泳池里泼着水大呼小叫时
他就销声匿迹,不知躲到哪里去了

诗的危险性在于过于平静

摄像头里的那个年轻男子
每天穿戴整齐,白西服白皮鞋
却只是像一个幽灵一样
每天在大街小巷里徘徊
每一个角落都有他的身影
他似乎比谁都忧心忡忡,紧锁眉头
比谁都忙忙碌碌。他天天外出
却永远无所事事,像那种游手好闲之徒
却不喜欢凑热闹,总是孤独一人
在马路上踽踽独行,冥思苦想
写一种叫诗的东西

但就是这样的人,最让安保人员放心不下
他的一举一动都牵引着他们的目光
折磨着他们的神经,考验着他们的耐力
古谚云:愈平静愈危险
他们随时担忧着,不敢有一丝一毫马虎

《芙蓉镇》后记

米豆腐的芳香弥漫了整个一条街
货郎挑着担子,沿着狭窄的青石板路
在吊脚楼下逶迤游走……

田螺店蓝染店老银店竹器杂货店一字排开
汽车声摩托车声叫卖声夹杂着几声打情骂俏
窗外,酉水挂在悬崖上如一匹白布
飞瀑轰鸣着冲到很远的地方孤独地回响

镇上的人都说:姜文那一年还是愣头青
而刘晓庆,早已风情万种
我想这就对了,愣头青
也只有美艳少妇才能收服裙下

疏　　淡

冬日疏淡的几笔
速写的华北平原的一个小村落
细雪还沾在杂乱的枯草间
乌鸦还散复聚,聚拢
是集体停落在一棵瘦树之上
散开,是稀稀落落的几栋房子

背景永远是雾蒙蒙的
或许也有炊烟,但最重要的
是要有站在田埂上眺望着的农人

与子侄短信

你说起你在旅途中迷恋的一些画面
幽绿的湖面上生起薄雾
林子的深处似乎永远藏着仙气

我在红尘忙碌的间隙回复我之向往
落花傍故门,晚马
于夕阳西下之际犹踏青苔

隐　　士

隐士,就应该居住在像隐士藏身的地方
寻常人轻易找不着
在山中发短信,像是发给了鸟儿
走路,也总有小兽相随

庭院要略有些荒芜杂乱
白鹅站立角落,小狗挡住大道
但满院花草芳香四溢
宛若打开了一大瓶香水

然后,就像你所知道的
房子在水边,船在湖上
而那些不时来探访隐士的人
心,飘到了云上

江　　边

在茂盛茅草的上方横亘着一条江
江边，燕子飞来飞去很忙碌
仿佛这里的主人，在水面和两岸来回掠过
招呼着天上的、水里的和陆地的宾客
麻雀吃大户，叽叽喳喳三五成群跟着起哄
黄雀一家子在浅滩的草丛间觅食
白鹭形单影只，时停时落
多少有些高傲自负不怎么合群

日落时分游泳的人最多，我只是
众多争先恐后拥挤着下水者中的一位
天黑时人最少，我一个人默默扑向江心

那么，谁又是这一场景的旁观者？

夜晚,一个复杂的机械现象

在异域的酒店里,我们仿佛重度蜜月
前奏是朦胧灯影下的低语呢喃
紧接着是微风吹拂般的亲吻与爱抚
然后,轻快的欢乐像浪潮一样再次席卷而来……

夜深人静之时,我在梦中醒来
听见窗外空调骤停复响的运转声
我才意识到:这是一个复杂的机械现象

孤独乡团之黑蚂蚁

每一棵榕树都是一片林子
且相互连接而自成一座森林
鸟儿栖息其上,长须飘拂而下
偌大的绿荫冠盖将孤独也掩埋其间

唯有那株细长的槟榔树站在不远处
不肯靠近,它们不是同一种类型
它茕茕孑立,显得孤单而自负

每一座岛屿都是一个孤独的乡团
散落在这一片云水茫茫的海天之际
海水将它们相互隔绝又相互守望
那些穿梭其间的鱼群与帆船与它们毫不相干

月亮是那最小的一个孤独乡团
但它与这些岛屿不在同一个平面
它总是游离向更遥远更浩瀚辽阔的太空

但那些遨游宇宙的星球其实也是孤独的
就像老榕树树干上爬行的小蚂蚁一样
又黑又亮触目惊心

半　　山

石马铜牛的幽深处
只有三两声鹧鸪相呼应

我逐级登高,满耳开始灌满蝉声
满目全是老人,三五几个各自分散

寂寥的古木旁,半山的空亭子里
他们对路人毫不关注,仿佛只是在云游
目光木然,他们沉浸在太极和自己的心事里

或坐着或站着,他们都不作声
在苍茫的暮色中,他们静默又仿佛有所等待

为什么老年才寻觅这么幽美的栖身之处呢?

鹦　哥　岭

鹦哥岭上,芭蕉兰花是寻常小景
鸟啼蛙鸣俨然背景音乐
每天清晨,松鼠和野鸡会来敲你的门
如邻里间的相互访问

作为一名热衷田野调查的地方志工作者
我经常会查阅鹦哥岭的花名册
植物谱系在蒲桃、粗榧、黄花梨名单上

最近又增添了美叶秋海棠和展毛野牡丹
动物家族则在桃花水母、巨蜥、云豹之外
发现了树蛙和绿翅短脚鹎

而观测室里也记录了鹦哥岭近期的两件大事
一件是十万只蝴蝶凭借梦想飞过了大海
另外一件是二十七个青年挟着激情冲上了山顶
下山时几支火把在漆黑的山野间熊熊燃烧

渡

黄昏，渡口，一位渡客站在台阶上
眼神迷惘，看着眼前的野花和流水
他似乎在等候，又仿佛是迷路到了这里
在迟疑的刹那，暮色笼罩下来
远处，青林含烟，青峰吐云

暮色中的他油然而生听天由命之感
确实，他无意中来到此地，不知道怎样渡船，渡谁的船
甚至不知道如何度过黄昏，犹豫之中黑夜即将降临

夏天的到来拯救了我

一个雨季我都陷在迷茫里
绷着脸,不笑,经常不由自主地发愣
面对一堵青墙也会出神
整整三个月,我都不爱和谁说话
长发邋遢地在细雨中的大街上走来走去
我和梅雨季比赛哪个闷得更长久

但是夏季的到来治好了我的忧郁症
丽日蓝天让愁郁无处躲藏
清风和爽扫除了阴霾
夏天彻底缓解了我的神经紧张

是的,夏天的到来拯救了我
短发,也使我显得精神了不少

第一次感受离别的悲伤

清晨的机场,大厅里熙熙攘攘的人流
送客的亲友紧随着出行的长队
青年男子叮嘱着母亲:进去找不到登机口
就问工作人员,找不到座位就问空姐

男子手上抱着一个三岁的男孩
三岁的孩子还不懂人世的离别
父亲和奶奶唠叨时,他迷迷糊糊地
还未从昨夜的睡梦中完全醒来

送别的人群终于被栏杆隔离
奶奶喊着孙子的乳名,和孙子道别
男孩子猛然惊醒,机械地挥动小手
奶奶在远去,孩子咧开嘴巴胡乱送上飞吻

奶奶喊着孩子的乳名说要听话啊
男子叮嘱母亲要认准登机口
这一幕亲情打动着旁观的我
男孩长相平平,那一瞬间却格外可爱

但我没有意想到的是:
正面冲着奶奶呵呵直笑的男孩
一扭头趴在父亲肩上泪流满面
继而克制不住号啕大哭
哭声震动了整个机场大厅

孩子啊,你以后就会逐渐知道
这第一次感受的离别的悲伤
在懵懵懂懂之中突然完成
在此后的人生中还会不断地重演

郊外的湿地

春天禁锢不住,破城而出
寻向郊外的湿地,青和绿交替——
一路点染树梢

于是春色弥漫,春水泛滥
然后化为静水深流
最后,永驻于这一片湿地

若你无意到此,且足够细心

就会发现：水中飘拂的水草
与岸上摇曳的青草相映——
但它们其实是不一样的
一是为流水细分
一是因春风吹拂

老火车之旅

深夜，昏暗的车厢里
老人的呓语声和中年人的鼾声
压过了铁轨的轰隆声

我仿佛从未坐过如此漫长的火车

我的脸睡去，我的嘴还醒着
它还在制造着口水
我的屁股睡去，我的手还醒着
它向不可知的地方摸索

最关键的是，我的身体睡去
我的心还醒着
他还想拥抱一个未曾实现的梦

文成的青山

河边小酒楼里,我端起酒杯,将薄酒倾洒地上
向四周的青山表示敬意。恍惚之中
梦里无数次出现过的青山,浮现眼前
我不能相信,睁大眼睛,看了又看
确信这不是醉梦,就像我不是青山的倒影

那些青山再一次浮现时,重重叠叠
青山之上覆盖白云,青山之间小溪盘旋
两岸野草疯长,松鼠机灵地跳上
悬崖间的树木,亭子和庙宇长在岩石上
一位僧人,正一级一级台阶往上爬

即使喝了酒,我仍清醒地知道这里不是故乡
但又为何如此熟悉,莫非我前世到过此地
此刻,青山正凝视的那个人——
那个端坐在酒楼上的人是我吗?
还是那个低头前行的僧人是我?
抑或是那个垂手站立桥上看风景的第三者
是我?!

雨　后

雨后,大队蚂蚁出来觅食
它们倾巢而出,早已饥不可耐
仓库里储存的粮食已经所剩无几
它们成群结队,密密麻麻,又黑又亮
占领了草地、小路和泥坑
它们雄赳赳气昂昂,跋山涉水,远近搜索
路上忙碌着一长列络绎不绝的蚂蚁大军

而人的辛苦是另外一种
在长椅上坐久了,需要再添一件外衣
林中风仍很大,皮肤有一点点凉
水汽和雾气还在树丛间氤氲缭绕
人待得长发都披散开来,眼神也恍恍惚惚了
在若有若无的怀想里
数着树上到底结了几颗椰子

突然,一片落叶掉下
像石头一样砸在蚂蚁大军的队列中
惊起一片混乱,蚂蚁们不知所措地探头探脑

这令蚂蚁大军的行进短暂地中止

落叶也砸在树下吹风者的寂静和叹息里
令她绵绵不断的怀想停顿了两分钟

一个男人在公园林子里驯狗

一个男人在公园林子里驯狗
指挥狗在草地上蹦跳扑腾,扑向那些纷落的叶子
老叶子、新叶子,簌簌而落
老叶和新叶叠加在一起
有一种奇特的新与旧、浅与深的景致

日复一日,西风吹人瘦啊
孤独也在日甚一日地加深

在日复一日的寂静与寂静之间
一片叶子落在了男人的衣服上
仿佛自然的缀品随意地粘贴其中
又仿佛时光的勋章披挂在他身上
后来,又有了第二片、第三片……
三角的、五角的……新的、旧的……

浅绿的、深绿的……

在寂寞与寂寞之间,男人也不掸开
他就戴着这些自然的饰品和光荣的勋章
回到了他独自一人隐居的洞穴
深藏在都市某个角落的洞穴
和他的狗一起安然过冬

当春天他再次回到林子
梅花鹿跑过来迎接他,蝴蝶围绕着他飞来飞去
小鸟也不再惊慌失措地躲开
连鸽子也不怕他,扑棱棱地绕着他转圈
他的狗对这一切也毫不惊奇,不再吠叫
跑来跑去地驱逐

从此,他就真的融入了这一切
白天他继续驯狗,晚上则隐入都市深处
他离群索居,不再被同类关注
他好像成了自然的一部分
全身披挂树叶,成了公园林子的一部分
人们对此见惯不惊,久而久之视而不见

就这样,他和他的狗成了公园林子里的一部分
自然的一部分,仿佛自然中的静物

夏日的星沙小镇

我在夏日到过星沙小镇
对此地印象最深的有两处

一是台阶下蟋蟀整夜深情的鸣奏
到清晨就停止了
我知道这不是偶然
是此地的一片美意
让我这寄寓小旅馆的外地人不感到寂寞

二是淅沥的小雨总在我午睡时才来临
这样就不耽误我上午去办事
它还和着街边小溪的清响一道
宛如轻盈的催眠曲，伴我入睡
对于一个困于闷热之中的焦虑的城里人
那午后清新的空气又是一帖清凉的安慰

第四辑

(2000—2010)

抒　　怀

树下,我们谈起各自的理想
你说你要为山立传,为水写史

我呢,只想拍一套云的写真集
画一幅窗口的风景画(间以一两声鸟鸣)
以及一帧家中小女的素描

当然,她一定要站在院子里的木瓜树下

碧　　玉

国家一大,就有回旋的余地
你一小,就可以握在手中慢慢地玩味
什么是温软如玉啊
他在国家和你之间游刃有余

一会儿是家国事大
一会儿是儿女情长
焦头烂额时,你是一帖他贴在胸口的清凉剂
安宁无事时,你是他缠绵心头的一段柔肠

二十四桥明月夜

一个人站在一座桥上发短信
另一座桥上也有一个人在发短信
从一座桥可以看见另一座桥

夜色中伫立桥上发短信的人儿啊
显得如此娇嫩、柔弱
仿佛不禁春风的轻轻一吹

春

白鹭站在牛背上
牛站在水田里

水田横卧在四面草坡中
草坡的背后
是簇拥的杂草、低低的蓝天
和远处此起彼伏的一大群青山

这些，就整个地构成了一个春天

四　合　院

一座四合院，浮在秋天的花影里
夜晚，桂花香会沁入熟睡者的梦乡
周围，全是熟悉的亲人——
父亲、母亲、姐姐、妹妹
都在静静地安睡

那曾经是我作为一个游子
漂泊在异乡时最大的梦想

可 能 性

在香榭丽舍大街的长椅上我曾经想过
我一直等下去
会不会等来我的爱人

如今,在故乡的一棵树下我还在想
也许在树下等来爱人的
可能性要大一些

暴风雪之夜

那一夜,暴风雪像狼一样在林子里逡巡
呼啸声到处肆虐
树木纷纷倒下,无声无息
像一部默片上演
我们铺开白餐巾,正襟危坐
在厨房里不慌不忙地吃晚餐

而神在空中窥视

只有孩子,跑到窗户边去谛听

南 山 吟

我在一棵菩提树下打坐
看见山,看见天,看见海
看见绿,看见白,看见蓝
全在一个大境界里

坐到寂静的深处,我抬头看对面
看见一朵白云,从天空缓缓降落
云影投在山头,一阵风来
又飘忽到了海面上
等我稍事默想,睁开眼睛
恍惚间又看见,白云从海面冉冉升起
正飘向山顶

如此——循环往复,仿佛轮回的灵魂

咏 三 清 山

这里是云的领地
是雾的藩属国,是巅峰的集中营
是烟霞的派出所……

这里是鸟的故乡
是松鼠的巢穴,是鱼的避难所
是映山红的根据地……

这里是侠与道的基地啊
在这里,书生、剑客、渔人、樵夫
都是侠与道的传承人

这里是善与美的主场啊
在这里,寻药客、狩猎者、浣衣女、采莲妹
都是善与美的守护者

边　　地

我去过很多的边地
西部的喀什小城
满洲里的小镇，湘西的苗寨
还有陕北的靖边，云南的昭通……

这些不同朝代风情别样的边地
如今散落在沙漠的边缘
或隐藏于深山和丛林里
都是一些寂寞的角落
宁静地安于被遗忘的命运

对于这些或大或小的边地
我最怀念的
是那些荒凉的土地上
不荒凉的红的白的野花

山　中

木瓜、芭蕉、槟榔树
一道矮墙围住
就是山中的寻常人家

我沿旧公路走到此处
正好敲门讨一口水喝

门扉紧闭，却有一枝三角梅
探头出来，恬淡而亲切
笑吟吟如乡间少妇

同　学

他是同学中的弱者，读书时
总是紧紧跟在我后面，我只要一转身
他就可能遭人取笑或欺负

每次我撇开他单独行动时
他总是眼巴巴地看着我远去

二十年过去,听说他仍是社会中的弱者
出差时我顺便去看他
在一家公司的三层楼上
他将自己深深地埋在办公桌里
不时有人过来给他发指示
他就唯唯诺诺频频点头

我要走时,他死死抓住我的手
执意要把我送到楼下
并摸出一些散票要给我付车费
我拦住他,塞了些钱到他手中
说没给侄子买礼物权当红包吧
我上了车,开出很远
回头看到他还眼巴巴地站在原地

旅 行 者

山岩边的青苔,高原上的黄土
还有海滩上的泥沙……

这些,都是他旅游鞋上的内容

但从他脸上已看不出什么来了
人到中年,他放低身段,独来独往
经常会将车随便停在路边一棵树下
全然不顾他人的眼光,摊开餐布
饮茶、喝粥,或抿一口酒,然后一走了之

雾 的 形 状

雾是有形状的
看得见摸得着的

雾浮在树上,就凝结成树的形状
雾飘散在山间小道上,就拉长成一条带状
雾徘徊在水上,就是水蒸气的模样
雾若笼罩山顶,就呈现出塔样的结构
雾是有形状的
是看得见摸得着的

唯有心里的雾啊
是隐隐约约朦朦胧胧的

是谁也不知道它是什么样的形状的
它盘踞在心里,就终年不散
沁凉沁凉的,打湿着一个人的身与心

如果我们硬要说它像什么
我们只能说它的形状像谜

夜晚,一个人的海湾

当我君临这个海湾
我感到:我是王
我独自拥有这片海湾
它隐身于狭长的凹角
三面环山,一面是一泓海水——
浩渺无垠,通向天际

众鸟在海面翱翔
众树在山头舞蹈
风如彩旗舒卷,不时招展飞扬
草亦有声,如欢呼喝彩
海浪一波一波涌来,似交响乐奏响
星光璀璨,整个天空为我秘密加冕

我感到：整个大海将成为我的广阔舞台
壮丽恢宏的人生大戏即将上演——
为我徐徐拉开绚丽如日出的一幕

而此时，周围已经清场
所有的灯光也已调暗
等待帷幕被掀起的刹那
世界被隔在了后面
世界在我的后面，如静默无声的观众

自　　白

我自愿成为一位"殖民地"的居民
定居在青草的"殖民地"
山与水的"殖民地"
花与芬芳的"殖民地"
甚至，在月光的"殖民地"
在笛声和风的"殖民地"……

但是，我会日复一日自我修炼
最终做一个内心的国王
一个灵魂的自治者

安　静

临近黄昏的静寂时刻
街边，落叶在轻风中打着卷
秋风温柔地抚摸着每一张面孔
油污的摩托车修理铺前
树下，一位青年工人坐在小凳上发短信
一条狗静静地趴在他脚边

全世界，都为他安静下来了

她　们

清早起来就铺桌叠布的阿娇
是一个慵懒瘦高的女孩
她的小乳房在宽松的服务衫里
自然而随意地晃荡着

坐在收银台前睡眼蒙眬的小玉
她白衬衫中间的两粒纽扣没有扣好
于是隐隐约约露出些洁白的肉体
让人心生遐想但还不至于起歪心

这些懵懵懂懂的女孩子啊
她们浑然不知自己的美
但她们模糊地意识到自己的弱
晚上从不一个人出门上街
总是三三两两，勾肩搭背
在城市的夜色中显得单薄

乌蒙山间

当年，在崇山峻岭间
在随便哪一条必经之路上设下关卡
就可以割据一方，占山为王

也许是巧合，今年我来到此地
当飞机停落在山坳的一片平地上
我怎么看也觉得机场的出入口
修得像山寨寨门，还是只要一拉闸口

这小小的山间小城
就可以成为一个独立王国

初　　春

当鸡的小分队向草丛深处探险的时候
牛在田野，狗在路边，蝴蝶在溪流旁
翠鸟在长满槟榔树的后园里啼鸣

我们忙着和每一位照面的乡亲招呼问候
老人手持长刀出门砍椰子

一位少年，安静地坐在院子中央读书
燕子们围绕着他飞来飞去

春　　色

所谓春色，只是在夜总会包厢
灯红酒绿的衣香鬓影里，端坐着

一位红衫少女

所谓江南春色,只是我正在恍惚之间
突然听到一声娇滴滴软绵绵的
苏州口音

春　　信

每到时辰,晨曦会准时
在黑暗的巨幕上凸现出来
写下第一行字

小鸟会准时从森林深处醒来
啼鸣第一声问候

海棠花会释放出第一缕芬芳
对蝴蝶施展处女似的魅惑

春水破冰后的第一次流淌
让幽闭已久的溪塘暗自激动沸腾

而你不经意泄露的微笑

春风般拂过杨柳的每一根枝条

这些都是春天的邀请函
风信子会把这一消息传递到千山万水

自　　由

春风没有禁忌
从河南吹到河北

鸟儿没有籍贯
在山东山西之间任意飞行

溪流从不隔阂
从广西流到广东

鱼儿毫无生疏
在湖南湖北随便来回串门

人心却有界限
邻居和邻居之间
也要筑起栅栏、篱笆和高墙

东　湖　边

在亭中，我面对月下波光粼粼的湖面
珞珈山、洪山和磨山
环绕着东湖，就如三位老友
与我对坐相望，遥遥举杯

当年，也是在湖边，也是这样对坐
我与黄斌、沉河、良明，且饮且歌
开口就是慷慨激昂
闭嘴就相忘江湖了

一转眼，樱花落满月光下杯盘狼藉的石桌

没有西西不好玩

她一直在西西家的楼下走来走去
妈妈在一旁看着她

她急躁不安，嘟着嘴嘀嘀咕咕
说不好玩，说西西不出来
就一点都不好玩……
妈妈说那你叫她下来呀
她抬头看了看西西家高高的窗户
扭扭捏捏不好意思开口
就一直和自己别扭着

她真是喜欢和西西在一起玩啊
她一看见她，就会安静下来
当然，也有可能更疯

一个戒烟主义者的忠告

作为一个戒烟主义者，我一直奇怪
为什么那么多的女孩喜欢吸烟
于是我发了四条短信探询

第一个是女记者，她回复说
先是好奇，后来就依赖了
第二个是80后美女作家，她称
不开心，有一段时间，就抽上了

第三个是女艺术家,她犹豫了很久
回答:很难说清楚,跟问为何喝酒一样
或许还有为何唱歌,为何恋爱
第四个是女权主义者,直截了当
下意识以及神经质……

关于女孩为什么喜欢吸烟的问题
我承认到现在还没有整明白
但作为一个戒烟主义者
我向她们善意忠告:为什么不试试多接吻呢?

一个戒烟主义者的忠告(续)

> 依例此诗谨遵网络互动文本规则
> 所有荣誉归于网友
> 一切缺陷其咎在我
> ——题记

《一个戒烟主义者的忠告》在网上贴出后
因主张少吸烟多接吻的敏感内容
引来大量妙不可言的跟帖

网友苏苏认为
吸烟对不同的人可能意味着
逃避、解脱、放纵、缓冲、作秀……
网易博友 128 回复
抽不抽烟，一个人说了算
接不接吻，还要另一个人的配合才行啊

网友紫衣则说
抽烟的女人与接吻的女人
一种是在呼吸间把自己麻痹
一种是在唇齿间享受生活
网易博友 247 称
抽烟伤身，接吻伤心
空虚的，最后确实只有爱才能填满了
可是，爱这东西啊……

网友点燃了红烛跟帖
迷恋烟雾的朦胧和凄美
我想，有烟瘾的女子
必然是个有故事的女子吧
网友 kiζζ 感慨
因为寂寞才抽烟，可是到最后
却因为抽烟而感到更加寂寞……

事　故

十字路口
一辆汽车和另一辆汽车发生了碰撞
两辆趾高气扬横冲直撞的汽车瞬间粉身碎骨

于是，所有呼啸而来呼啸而去的汽车
暂时地停了下来
它们小心翼翼地东张西望
探头探脑地降慢了速度
甚至，它们还停顿静默了那么一会儿
然后，绕过这钢铁的尸体扬长而去

那停顿静默的一会儿，就好像是一次短暂的默哀
一场简单的小型哀悼会
奔驰、宝马、法拉利、劳斯莱斯
都加入进来，无一例外

上海短期生活

在尚湖边喝茶,看白鸟悠悠下
到兴福禅寺听钟声,任松子掉落衣裳里
在虞山下的小旅馆里安静地入睡……
一度是我上海短期生活的周末保留节目
和作为一个中产阶级的时尚品牌

美好的时光总是短暂得来不及回味
公路像毛细血管一样迅速铺展
纵横交错地贯穿在长江三角洲
沪常路上,车厢里此起彼落的是
甲醇多少钱一吨
我要再加一个集装箱的货等
语气急促、焦躁,间以沮丧、疲惫

后来遇到了她
我是悠闲的,让她产生了焦虑
感到了自己生活的非正常
她的焦灼干扰着我
让我也无法悠闲下去
成了一个在长江三角洲东奔西走的推销员

异 乡 人

上海深冬的旅馆外
街头零星响起的鞭炮声
窗外沾着薄雪的瘦树枝
窗里来回踱步的异乡人

夜越深的都市越显得寂寥
这不知来自何处的异乡人啊
他在窄小的屋子里徘徊
有着怎样的一波三折
直到他痛下决心,迈出迟疑的一步

小酒馆里昏黄的灯火
足以安慰一个异乡人的孤独
小酒馆里喧哗的猜拳酒令
也足以填补一个异乡人的寂寞

撞　车

当汽车驰过
金属野兽的轰隆声低沉而浑浊
它大马力的冲击无人可挡
没有肉身能扛住它的轻轻一撞

车撞上狗的一瞬
我身体一缩,心里一紧
疼痛如墨汁在宣纸上渗透漫延
紧急刹车,也无法避免这一切

就像无数次
车替人承受了一撞
车被撞上时的那种心痛
也是一样的,也是承受一种死亡
一种无法躲避的命运
人安然无恙,车却满身伤痕

我又看到了车祸
人倒在地上,鲜血像是染在了衣袖上

那触目惊心的红
真的发生了,反而显得不真实
时间静止,仿佛电视剧拍摄的中场
自行车像是一个摆设的道具
那辆汽车也似乎若无其事
只有那个人,慢慢地瘫软
最后四肢朝天

并不是所有的海……

并不是所有的海
都像想象的那么美丽
我见过的大部分的海
都只有浑浊的海水、污秽的烂泥
一两艘破旧的小船、废弃的渔网
避孕套、黑塑料袋等垃圾遍地皆是
和我们司空见惯的尘世毫无区别
和陆地上大部分的地方没有什么两样

但这并不妨碍我
只要有可能,我仍然愿意坐在海滩边
凝思默想,固执守候

直到，夜色降临、凉意渐起
直到，人声渐稀、潮声渐小
直到，一轮明月像平时一样升起
一样大，一样圆
一样光芒四射
照亮着这亘古如斯的安静的人间

花坛里的花工

夏日正午，坐在小汽车凉爽空调里的男子
在等候红绿灯的同时也悠然欣赏着外面的街景
行人稀少，店铺空洞，车流也不再忙乱
那埋身于街边花坛里的花工更俨然一道风景
鲜艳的花草在风中摇曳，美而招摇
花丛里的花工动作缓慢，有条不紊
花工的脸深藏于花丛中，人与花仿佛融在了一起

而花工始终将头低着
深深地藏在草帽里面
他要抵御当头烈日的烘烤
他还要忍受背后淋漓的大汗
一阵一阵地流淌

神降临的小站

三五间小木屋
泼溅出一两点灯火
我小如一只蚂蚁
今夜滞留在呼伦贝尔大草原中央
的一个无名小站
独自承受凛冽孤独但内心安宁

背后,站着猛虎般严酷的初冬寒夜
再背后,横着一条清晰而空旷的马路
再背后,是缓缓流淌的额尔古纳河
在黑暗中它亮如一道白光
再背后,是一望无际的简洁的白桦林
和枯寂明净的苍茫荒野
再背后,是低空静静闪烁的星星
和蓝绒绒的温柔的夜幕

再背后,是神居住的广大的北方

海边怀人

云暗草木深
我徘徊林下,我预感到幽暗的事物正在聚拢
而我仍在怀念她如红槿花般的明媚、艳丽

她的性感,就像夏天的湿润空气里饱含着水分
随时能淋我一身甜蜜而快乐的雨
又像海边树丛中潜藏的风
随时能掀起三分迷人的浪

在江南的青山上

春夜,我们在江南的青山上唱歌
歌声像一座又一座青山那样此起彼伏
在温煦浩荡的春风中回响

子时,我点起一炷香想念你
青山可以为我做证

河流与村庄

一条大河
是由河流与村庄组成的

一个村庄
是一条大河最小的一个口岸
河流流到这里
要弯一下,短暂地停留
并生产出一些故事

杏花村、桃花村、榆树村
李家庄、张家庄、肖家庄
牛头村、马背村、鸡冠村
又在河边延伸出
一个个码头、酒楼与小店铺
酝酿着不一样的掌故、趣闻与个性

然后,
由大河,把这些都带到了远方

并在远方,以及更远的地方
传散开来

恩 河 之 夜

拉手风琴的俄罗斯老人眼中深藏的忧郁
与那匹站在冰天雪地里一动不动的高贵老马
眸子里的忧郁是一样的

而纤细睫毛上沾着碎雪的女子银铃似的浅笑
碰碎了凝聚在我紧锁的眉头上的那一道乌云

某苏南小镇

在大都市与大都市之间
一个由鸟鸣和溪流统一的王国
油菜花是这里主要的居民
蚱蜢和蝴蝶是这里永久的国王和王后
深沉的安静是这里古老的基调

这里的静寂静寂到能听见蟋蟀在风中的颤音
这里的汽车像马车一样稀少
但山坡和田野之间的平缓地带
也曾有过惨烈的历史时刻
那天清晨青草被斩首,树木被割头
惊愕的上午,持续多年的惯常平静因此打破
浓烈呛人的植物死亡气味经久不散

这在植物界被称为史上最黑暗时刻的"暴戮事件"
人类却轻描淡写为"修剪行动"

佛　　山

夜雾中,前方高处浮起一个灯火辉煌的物体
我们仰头看了很久,才明白那是光明顶
但另一处被我们误认为是寺庙的所在
原来是一团半月,在雾海里若隐若现

我们在山上的小茶馆里喝茶、聊天、听黄梅戏
另一群人则在宾馆里饮酒、打牌、讲黄段子
在这非人间的世外桃源似的佛山上
商店、发廊与喧哗、叫卖一应俱全

但半夜我们走过大悲寺时
抬头看见山顶有灯,一盏、两盏、三盏……
佛法如灯,一灯可燃千灯明
那一瞬间,我们全都驻足,屏气息声
每个人心中的那盏灯也被依次点燃

石梅小镇

云朵,停留在小镇的上空
慵懒,也停留在了这里
我们停留下来,就把心弦系在了岸边
我们停泊在这片海湾,就像倒在了美人的怀里
谁还愿意去漂泊四方

这山和海之间的小镇啊
仿佛一座古老的植物园
槟榔长在路口,剑麻开满后院
重重叠叠的香蕉林啊,占领了全镇的领土
它们还将去攻占高高的山坡

我们躺在一张吊床上
在一棵椰子树与另一棵椰子树间晃荡

偶尔睁开眼睛，就看见少女曼妙的身影
在林子深处一闪，就消失了
随之消失的还有一双明亮的眸子

云朵，还停留在青皮林的上空
鸟群，也停留在了这里
我们曾经和飞鸟是同一家族
但如今再也不愿意到处寻觅奔波
只想停栖在这里，在一片蝉声中休憩

夜　　行

我们这一列深夜出行的队伍
坐在雪橇上，像一支黑暗中秘密行动的小分队
向着灯火依稀的小镇出发

马蹄声声，敲击着冰冻的路面
仿佛队列行进的古老的节奏
马打着响鼻，呼出的热气在寒冷中迅即凝固

马有的快，有的慢
快的马碰到前面的雪橇，就自行刹住

马背上的毛沾着细碎的雪屑
在昏暗的马灯下晶莹闪亮

天空是鹰的帝国,此时沉寂
但安静中积蓄着一种爆发力
果然,蓦地一只黑鹰不知从何处射出
姿势优美有力,似乎被派来和我们抢速度

地下到处是冻硬的马粪
我相信如果捡起来掷出去
它的力量一定硬过石头
在古代这肯定是最好的冷兵器

但此刻我们忍受寒冷的能力已接近极限
我们全都袖着手缩着头,比赛着沉默
无心周边的景物,没有了任何争胜之心
我们急切期盼的只是
尽快赶到最近的一户人家的炉火旁

夜　深　时

肥大的叶子落在地上,触目惊心

洁白的玉兰花落在地上，耀眼炫目
这些夜晚遗失的物件
每个人走过，都熟视无睹

这是谁遗失的珍藏？
这些自然的珍稀之物，就这样遗失在路上
竟然无人认领，清风明月不来认领
大地天空也不来认领

海 上 小 调

海风吹着船，船上很多床
船就是一张大床
在波浪之中摇晃
海浪声如同催眠曲
深夜坐船的人难以入眠

深夜坐船的人
无论怎么看都像是一群逃难者
感觉是被从陆地上放逐
在茫茫大海上，心神不宁
眼睛总是搜寻着点点渔火

抑或一盏灯、一座岛屿和海岸线

凡是深夜流落过的人都知道
宁要一张安稳的床
不要一条动荡的船

鄱 阳 湖 边

丘陵地带,山低云低
更低的是河里的一条船

丘陵密布的地带
青草绵延,细细涓流
像毛细血管蜿蜒迂回
在草丛中延伸
房子嵌在其间如积木
人在地上行走小成一个黑点

偶尔,一只白鹤从原野缓缓上升
把天空无限拉长铺开
人不可能高过它,一只鹤的高度

人永远无法上升到天空

我头枕船板,随波浪起伏
两岸青山随之俯仰

山中小雨迷谁人

山中的小街,总是飘着一些小雨
像电影里那样冷清寂寥
像小说的描述,诡异神秘
像传说中那样,只有七八家小店
四五个铺面,却隐居了三位侠客
两个高人,和一个隐姓埋名的
曾经的江洋大盗

像所有的故事里的核心
这里还有一位貌美如花的年轻老板娘
她不知犯下了怎样的滔天大罪抑或
遭遇了怎样的惊险变故
来到了此地,甘于寂寞
大部分的情节

就围绕着她戏剧性地演绎

我是一个到此地短暂居住的过客
我也在心中暗恋她的美丽
但我从未想过成为男主角
始终只是一个旁观者和局外人
看那些好汉为她绞尽脑汁使尽手段
直到有一天,我带走了她
彻底离开了此地,消失在人海之中

在关于此事的各种版本中
只有我的形象是固定不变的
一个被山中小雨迷住的诗人
一个在山中小雨里迷茫的诗人

暴　　雨

城市先是被云压弯了
云层层叠叠,越来越厚
压下来,城市不堪其重
巨人般的高楼矮下身来

最后缩成一团

城市接着被雨摧毁
暴雨如注,三天三夜
天空轰炸机向大地倾倒雨水炸弹
把城市炸得千疮百孔
树一棵接一棵倒下
烈士般前赴后继
再也未能站起来

人心,柔弱如一根芦苇
被倾盆暴雨压垮了

江　　湖

他再一次返回,只不过是为了证实
为了心安,结果,他被急冲出来的黑影
和门反弹击中,不疼
却敞开了怀疑已久的另一个黑洞

预感,有时候不一定准确
但墙角突然出现的那个人

或许早就在暗中跟踪、窥视
经常会出现这样的情况
不知何时、何处,突然冒出
一些行踪诡秘的奇怪的陌生人

那是要发生一些什么的迹象吗?
江湖险恶,但兄弟情深
出门多风雨,归来时
还有一杯散发着热气的浓咖啡等着

仲　　夏

仲夏,平静的林子里暗藏着不平静
树下呈现了一幕蜘蛛的日常生活情节

先是一长串蛛丝从树上自然垂落
悬挂在绿叶和青草丛中
蜘蛛吊在上面,享受着这在风中悠闲摇晃的自在
聆听从左边跳到右边的鸟啼

临近正午,蜘蛛可能饿了,开始结网
很快地,一张蛛网织在了树枝之间

蜘蛛趴伏一角,静候猎物出现
惊心动魄的捕杀往往在瞬间完成
漫不经心误撞入网的小飞虫
一秒钟前还是自由潇洒的飞行员呢
就这样不明不白地成了蜘蛛的美味午餐

前者不费心机
后者费尽心机
但皆成自然

雪　　国

雪创造的世界,也被雪辖治
飞鸟被雪藏了,猛兽也是
连鸟鸣也消失在了丛林里
整个世界都被霸道的寒冷专制禁锢
连院子里的一丛杂草,也凝结成了一朵冰花

被雪藏的还有城镇、村落
以及人的踪迹和喧哗的声响
但有两匹马不知从何处突然奔跑出来
马蹄踩踏得积雪和冻土咯吱作响

群犬大吠,冲破寂静的清晨

只有每一间小木屋屋顶缓缓飘散的炊烟
以及从山那边逐渐呈现的朦胧晨曦
证明着这里还有人的气息与动静
证明着这个世界仍然还有生活、自由与美

朝　　圣

　　一条小路通向海边寺庙
　　一群鸟儿最后皈依白云深处

隐　　居

　　晨起三件事
　　推窗纳鸟鸣
　　浇花闻芳香
　　庭前洒水扫落叶

然后，穿越青草地去买菜
归来小亭读闲书

间以，洗衣以作休闲
打坐以作调息
旁看娇妻小烹调

夜晚，井边沐浴以净身
园中小立仰看月

中　　秋

梦中，从故乡大宅深处传来的一声呼唤
惊醒了远在异乡小旅馆里的我
哦，又是中秋了，天气已凉
秋风迢递，沿着故乡大宅前的那条青石板路
走了很远，很久，才走到小旅馆的窗前
蛰伏心间的陈年往事——苏醒
明月、流水、树影、花魂，还有风中站立的
穿蓝花布衫、垂小辫的邻家小妹……

桂花冰糖莲蓉的月饼
是我的最爱

春夜的辩证法

每临春天,万物在蓬勃生长的同时
也在悄悄地扬弃掉落一些细小琐碎之物
比如飞絮,比如青果
这些大都发生在春夜,如此零星散乱
只有细心的人才会倾听
只有孤独的人才会对此冥思苦想

野　　猫

它原本是一只家猫
老人走后,它就流落在外
但它总也不肯远离这院子
总在这附近流连徘徊

每个黄昏,这只猫

都要跳到这条长椅上坐一会儿
主人在的时候，每个傍晚
它都是和主人在这条长椅上度过
她看书或叹气，它则安静地
蹲在一旁发愣或打盹

几年过去，它还保持着这个习惯
院子里的人也习以为常
它不受打扰地坐在那儿
仿佛老人还在，仿佛
老人的亡灵短暂重返
它要陪她一会儿……

夜　行　人

午夜，遗落在地上的白手套
是作案工具吗？
为何我一转身，它就不见了呢？

只有一只小老鼠
慌慌张张鬼鬼祟祟地
钻进了深不可测的草丛里

秋风起,天气也凉了起来
我紧一紧风衣
落寞地走进黑暗的深处

需要说明的是,我不是福尔摩斯
我只是一个心头正乱的夜行人

早 归 人

穿越黑夜,不想惊醒沉睡的城市
最后却还是要敲响家门

我在细雨蒙蒙的清晨归来
担心打搅尚在梦中的年迈父母
静静地站在院子里,等候鸟啼天明
想起这么一句诗,兀自微笑

北 国 之 秋

蓝得近乎透明的北国天空
金黄的叶片如风之蝉翼
一弹,就会发出金属碰撞的清脆颤音

你整个儿就会晕眩在这迷人的秋之韵律中

摩 的 司 机

摩的司机是一位血气方刚的小伙子
他的车后正好坐上了妖娆多姿的妙龄女郎
能不在车流里左闪右突,横冲直撞?
女郎低低的惊叫让他心里很受用

但在接过娇嫩玉手递过来的五元车费时
他满脸的青春痘都充血,涨得通红

海岛之夜

常想起那个夜晚
天上有星光,海上有渔火
你坐在椰树下,吹着海风

微明的天光照着你有些黝黑的脸庞
而你年轻丰满的身体
比早熟的芒果更芳香诱人

这就是我关于那个海岛的印象
后来你离去,美丽的海岛也渐渐消失
只有一支小夜曲还在悠悠缭绕
久而久之回旋沉淀为我心头的一座小岛

玉蟾宫前

一道水槽横在半空
清水自然分流到每一亩水田

牛在山坡吃草,鸡在田间啄食
蝴蝶在杜鹃花前流连翩跹
桃花刚刚开过,花瓣已落
枝头结出一个又一个小果

山下零散的几间房子
大门都敞开着,干干净净
春风穿越每一家每一户
家家门口贴着"福"字

在这里我没有看到人
却看到了道德,蕴含在万物之中
让它们自洽自适,自成秩序

落 叶 之 美

落叶有一种说不出的美

它落在车上,有一种装点之美
它落在泥地上,有一种哀怜之美
它落在草上,有一种映照之美

它落在溪水上,有一种飘零之美

如果,只是一片落叶
落在了一块石头上呢?

鸟 的 迁 徙

冬天,海岛上
人多了,鸟也多了
人是为了避寒
鸟却是为了觅食

鸟的迁徙
一点也不亚于人的迁徙
往南的天空
和往南的道路一样拥挤不堪

那么多的鸟在天空忙碌着
那么多的人到了冬天
却在地上无所事事

当然,也有一些人到了冬天还忙忙碌碌
鸟最终为食亡
人则为财死

圣米歇尔大街的下午

巴黎,圣米歇尔大街幽暗的小楼上
冬天下午,暧昧的灯光下
一个男人和一个女人
一具肉体和另一具肉体
紧紧地抱在一起取暖和安抚

这是乱世,当他们停止呻吟和叫喊
安静的间歇,窗外传来一阵
又一阵警车的呼啸声
而她轻轻地一咬
几乎使我灵魂出窍

河　季

河流也有自己的丰水季或枯水季
还有自己的高涨季和低迷季
我在这条河边生活十多年
已把她的脾性摸得一清二楚

水深时，她像丰满妖娆的妇人
水面开阔，水流汹涌激荡
热情地漫过滩涂、庄稼和沃土
两岸草木茂盛，幽深厚密得
可以藏下任何动物

水浅时，如清纯妩媚的少女
水清见底，水流也是怯生生的
缓慢而矜持地迟疑着向前试探
似乎她对自己的流向有些迷茫
被不由自主地带向了浩浩荡荡的大海

青海的草原上

连绵不绝的清风啊
吹拂着连绵不绝的白云
连绵不绝的白云啊
追逐着连绵不绝的羊群
连绵不绝的羊群啊
寻觅着连绵不绝的歌声……

整个草原上,只放牧着一个孤独的牧羊人

绿　翠　鸟

绿翠鸟,大自然美丽迷人的宠儿
闪电一样的杀手,独自栖止在枯枝上
姿态永远保持着优雅,它的眼睛
可以穿透水面,让鱼无处可逃

但水有时是一个迷阵
混乱着鸟的视线,鸟所看准的鱼
其实不在它确认的位置上
水的光线度和空气光线度的细微差别
会使鸟的瞄准发生偏离
绿翠鸟再快再凶狠
出手总有偏差,难以百发百中

鱼也有自己的天赋能力
它会本能地感知危险的逼近
水压的轻微变化让它极其敏感
鸟扑向水的一瞬间
鱼已迅速闪避

就像所有猎手与猎物之间的游戏
残忍但也总有闪失
就这样,鱼繁衍了下来
弱者的繁衍能力总是更强,成群结队
鸟也总能捕获笨拙大意的新手
它迅速冲下一口咬住再吞进嘴里的动作
连贯而优美,就像那些个风度翩翩的绅士

一 对 夫 妻

他是好脾气的男人
她则是坏脾气的妻子,每天吵吵嚷嚷
高调宣称要远走高飞,可出门不过二十分钟
逛了两个商场之后,又让他来接
还怪他故意慢吞吞

二十年过去,岁月在熬白他的头发的同时
也摧毁了她姣好的面容
所以,他们至今还在一起
被称为模范夫妻,一起买菜,一起散步
仍然吵吵嚷嚷,互为影子

春　　光

只要享有这明媚春光
我就算不上是一个精神上的穷人

即使只是一个柳下小径间茫然徘徊的落魄者

只要拥有这满庭桃花
我就是一个物质世界的富有者
虽然不过是坐在春风中低头饮茶自吟自歌

反对美的私有制

在公有制时代,美也是公共的
她总会坐公汽,总会在公众场合露面
她的美坦荡,落落大方,气质高雅
只要你有心,总能与美邂逅,将美寻觅

而在一个私有化时代,美遮隐不见
她居于深庭高院,出入有专车
交际在私人会所,她被私吞藏匿
你再也闻不到一丝芳香,看不到一点美人踪影

三角梅小院

三角梅占据这个院子的中心
清风则是这里的特色

在这海边的小院里
绿叶和青藤从海滩一直爬到墙角
码头从小院直接伸到海中央
海风清爽啊,小院砍椰待客忙
我躺在一张吊床上晃晃悠悠

在辛苦忙碌了一天之后
这是上天给我的最好的恩赐

远　　望

天空含着一个古老的月亮
我含着一颗怀乡的心

在恍惚之中隐约望见

山路上,父亲头顶着月亮
在前面走着
我跟在后面,拖着长长的瘦小的影子

老 女 人

春天一来,男人就像一条狗一样冲出去
吃了壮阳药一样冲出去
趴在别的女人身上喘气、喊叫
深夜,又像一条狗一样回来
软塌塌的,倒在床上就鼾声响起

老狗刚回来,小狗又急吼吼地冲出去

她坐在黑暗中,像巫婆一样
洞穿一切,一言不发

假如,假如……

假如,我是万嘉果庄园的主人
我每天都要在蝴蝶的簇拥下巡游三圈
结识庄园里的每一株花每一棵草
跳舞兰、海棠花、红毛丹
棕榈树、凤凰木、七姐妹花
探寻庄园里所有花草的秘密
神秘果可以改变味觉
狐狸椰的叶片美艳如狐狸尾巴……

假如,万嘉果庄园是我的领地
我会养三四只狗,七八个孩子
让他们每天在庄园的野地里游戏玩耍
在偌大的林子里自由地穿梭奔跑
太阳一出来,就把他们放出去
雨一下,他们就会自动跑回来
一到黄昏,就用铃铛召唤回家吃饭
或者,派狗去把他们领回来……

我自己呢,就坐在屋顶的亭子间

在清风和芒果香中喝茶、吟诗
抬头,看看四围青山
低头,看一连串落花和果子坠地——
寂静无声

在 纽 约

在大都市,摩天大楼才是主体
楼群高大、森严,俯瞰着地面
地上活动的人类,不过是点缀
小如蚂蚁,在一幢高楼与另一幢高楼之间
来回游行、跳跃,聚集或分散
身上披挂着艳丽的装饰物
五颜六色,分外炫耀闪烁
一个个显得自命不凡,趾高气扬
这些高矮不一、胖瘦各异的人群啊
不过映衬出都市主角们的挺拔
不过证明着都市统治者的威猛

世界各地的人们,像一只只飞鸟
降落在这个叫纽约的水泥平台上
他们膜拜着这些钢结构的庞然大物

叽叽喳喳,惊叹不已
他们啄食着资本与时尚的残羹剩饭
津津有味,乐此不疲
他们中的一些,掏出一个四方形的小盒子
按个不停,闪光灯的光柱
撞到了玻璃幕墙上,然后反弹回来
直接命中他们的穴位
让他们眼花缭乱,晕头转向

我被包围在莺莺燕燕的鸟语世界里
感到茫然失措,我完全听不懂他们在说些什么
也不明白他们心里到底在想些什么
我无法理解他们兴高采烈如获至宝的表情
但奇怪地,我有一种异想天开
我感到,如果不断地听下去
说不准哪一天,我会突然把这一切都听懂
当然,我也知道,实际上那永无可能

探 亲 记

春日的和风温煦,清晨的阳光温柔
长沙往西三十公里是我们的目的地

下了省道,还要绕过一小座青山

在一片水田与另一片水田之间行走
田里的禾苗刚插,水里的蝌蚪还小
最显农家匠心的是水田的一角再挖个小池塘

一汪清水里养着几条草鱼、鲢鱼和鲫鱼
一面镜子里反映着天上的美丽
我们觉得一切似曾相识又好像从未见过

对面农舍的小狗一听到脚步声
就冲上山坡冲着我们狂吠
下面的狗一叫,上面的狗也叫

叫声中,五六家散落各处的农舍渐渐清晰
狗叫声此起彼伏,空气也显得有些异样
我们的后背微微渗出了细汗

路边的树荫给了我们三分钟的清凉
正午的鸡叫又加重了闷热难耐
进退两难中迎面而来两头低头走路的水牛

牛背后还跟着一位老人和他可爱的孙女
牛眼看人时,我们也已经认出这小学同学的父亲
老人邀请去家里喝茶的殷勤,像杨柳又吹来了清风

"真的连茶都不喝一杯?"
"不了,我们还要赶去白若铺。"

旧　　年

下班了,他带关门
就像把旧年关在了门后
这是一年的最后一天
每一个动作都像是一种暗示

倒掉茶杯里的水
就像将旧事洗净
和同事说再见
似乎是和故人告别
顺便翻一遍旧台历
有点像重温过去的三百六十天
然后再将台历扔进纸篓里
就像将过去的一切彻底丢弃

从空荡荡的大楼走出来
他黯然地走到树下
在幽暗的阴影下站了一会儿

现在让他唯一放不下的
就只有和她的事情了
欲断未断,欲了未能……

确实,其他的一切都过去了
旧年的饭局,旧年的娱乐,旧年的故事
旧物藏进箱子,新的一页即将掀开

只有这一段旧情,还是继续到了新年

诗

当黄昏将一切融化
连小鸟也没入暮色中
亭台楼阁也被黑暗收走
我们徘徊在海滩边

也许,诗不过是偶尔溅起的浪花
当时代变迁如波涛汹涌
每一次剧烈的搅动将一切翻涌

但大海永远是巨大的幕布般的背景
天空,则是人们仰望的方向